Steidl Nocturnes

Nikolai Gogol
Das Porträt

Herausgegeben von Andreas Nohl

Nikolai Gogol

Das Porträt

Drei Petersburger Novellen

Aus dem Russischen übersetzt
von Alexander Eliasberg

Steidl Nocturnes

Die Übersetzung wurde für diese Ausgabe überarbeitet.

Inhalt

Die Nase

I

Am 25. März geschah in Petersburg etwas überaus Seltsames. Der Barbier Iwan Jakowlewitsch, der auf dem Wosnessenskij-Prospekt wohnte (sein Familienname ist in Vergessenheit geraten und selbst auf seinem Ladenschild, das einen Herrn mit einer eingeseiften Wange und der Inschrift: »Wir lassen auch zur Ader« darstellt, nicht erwähnt), der Barbier Iwan Jakowlewitsch erwachte ziemlich früh am Morgen und roch den Duft von warmem Brot. Er setzte sich im Bett auf und sah, wie seine Gattin, eine durchaus ehrenwerte Dame, die sehr gerne Kaffee trank, frischgebackene Brote aus dem Ofen nahm.

»Heute möchte ich keinen Kaffee, Praskowja Ossipowna«, sagte Iwan Jakowlewitsch, »stattdessen möchte ich warmes Brot mit Zwiebeln.« (Das heißt, Iwan Jakowlewitsch wollte wohl das eine und das andere, er wusste aber, dass es unmöglich war, beides auf einmal zu verlangen, denn Praskowja Ossipowna mochte solche Launen nicht.) – Soll nur der Dummkopf Brot essen, umso besser für mich – sagte sich die Gattin – so bleibt mehr Kaffee für mich übrig. Und sie warf ein Brot auf den Tisch.

Iwan Jakowlewitsch zog des Anstands halber einen Frack über sein Hemd, setzte sich an den Tisch, nahm etwas Salz, schnitt zwei Zwiebeln zurecht, ergriff das Messer, machte eine wichtige Miene und begann das Brot zu zerteilen. Als er es in zwei Hälften geschnitten hatte, blickte er hinein und sah darin zu seinem Erstaunen etwas Weißliches. Iwan Jakowlewitsch kratzte vorsichtig mit dem Messer und tastete mit dem Finger. – Es ist etwas Festes, – sagte er sich, – was kann es sein?

Er bohrte mit den Fingern nach und zog – eine Nase heraus! … Iwan Jakowlewitsch ließ die Hände sinken; er fing an, sich die Augen zu reiben und das Ding zu betasten: eine Nase, tatsächlich eine Nase! Sie kam ihm sogar bekannt vor. Iwan Jakowlewitschs Gesicht zeigte Entsetzen. Dieses Entsetzen war aber nichts im Vergleich zu der Empörung, die sich seiner Gattin bemächtigte.

»Wo hast du diese Nase abgeschnitten, du Unmensch?«, schrie sie ihn wütend an. »Verbrecher! Trunkenbold! Ich selbst werde dich bei der Polizei anzeigen. Du Räuber! Drei Herren haben mir schon gesagt, dass du beim Rasieren so heftig an den Nasen ziehst, dass sie fast abreißen.«

Iwan Jakowlewitsch war aber mehr tot als lebendig: er erkannte, dass die Nase dem Kollegien-Assessor gehörte, den er jeden Mittwoch und Sonntag zu rasieren pflegte.

»Halt, Praskowja Ossipowa! Ich will sie in einen Lappen einwickeln und in die Ecke legen: dort wird sie eine Zeitlang liegen, und dann bringe ich sie weg.«

»Ich will davon nichts wissen! Niemals werde ich dulden, dass in meiner Wohnung eine abgeschnittene Nase herumliegt! … Du angebrannter Zwieback, du! Du kannst nur mit dem Messer auf dem Streichriemen herumfahren, wirst aber bald deine Pflichten nicht mehr erfüllen können, du Taugenichts, du Strauchdieb! Soll ich mich vielleicht deinetwegen vor der Polizei verantworten? … Du Schmierfink, du Dummkopf! Hinaus mir ihr, hinaus! Bring sie, wohin du willst. Dass ich von ihr nichts mehr höre!«

Iwan Jakowlewitsch stand wie zerschmettert da. Er überlegte und überlegte und wusste nicht, was er sich denken sollte. »Weiß der Teufel, wie das nur möglich ist«, sagte er endlich und kratzte sich hinter dem Ohr: »Ob ich gestern betrunken heimgekommen bin oder nicht, weiß ich nicht mehr. Es scheint doch eine außergewöhnliche Sache zu sein, denn das Brot ist etwas Gebackenes, die Nase aber etwas ganz anderes. Ich verstehe das Ganze nicht!« Iwan

Jakowlewitsch verstummte. Der Gedanke, dass die Polizei bei ihm die Nase entdecken und ihn zur Verantwortung ziehen könnte, bedrückte ihn über alle Maßen. Ihm schwebte schon ein roter, schön mit Silber gestickter Kragen und ein Degen vor … und er zitterte am ganzen Leib. Endlich griff er nach seinen Unterkleidern und seinen Stiefeln, zog sich an, wickelte die Nase, unter strengsten Ermahnungen Praskowja Ossipownas, in einen Lappen und ging hinaus auf die Straße.

Er wollte sie entweder irgendwo liegen lassen, vielleicht irgendwo in der Gosse unter einem Hoftor, oder sie wie aus Versehen verlieren und dann in einer Seitengasse verschwinden. Aber unglücklicherweise begegnete er immerzu Bekannten, die ihn wie üblich aushorchten: »Wohin gehst du?«, oder: »Wen willst du so früh rasieren?« – und so fand Iwan Jakowlewitsch keine geeignete Gelegenheit. Einmal war er die Nase schon losgeworden, aber ein Gendarm winkte ihm von weitem mit der Hellebarde und rief: »Heb das auf, was du da weggeworfen hast!« Iwan Jakowlewitsch musste die Nase aufheben und in die Tasche stecken. Er wurde immer verzweifelter, zumal das Publikum auf der Straße beständig zunahm, je mehr Geschäfte und Läden öffneten.

Er beschloss, zur Isaak-Brücke zu gehen: vielleicht gelang es ihm, die Nase in die Newa zu werfen? … Aber ich fühle mich etwas schuldig, weil ich noch gar nichts über Iwan Jakowlewitsch, diesen in vielen Beziehungen ehrenwerten Mann, gesagt habe.

Iwan Jakowlewitsch war wie jeder ordentliche russische Handwerker ein entsetzlicher Trunkenbold und, obwohl er jeden Tag die Bärte fremder Männer rasierte, selbst stets unrasiert. Der Frack Iwan Jakowlewitschs (Iwan Jakowlewitsch trug niemals einen gewöhnlichen Rock) war scheckig, das heißt schwarz, doch voller gelblichbrauner und grauer Flecken; der Kragen glänzte, und statt drei Knöpfen waren nur Fädchen zu sehen. Iwan Jakowlewitsch war ein großer Zyniker, und wenn der Kollegienassessor Kowaljow ihm beim Rasieren sagte: »Deine Hände stinken immer, Iwan Jakowlewitsch!«, so antwortete Iwan Jakowlewitsch mit der Frage: »Warum sollten sie denn stinken?« – »Ich weiß es nicht, mein Bester, aber sie stinken«, entgegnete der Kollegienassessor, worauf Iwan Jakowlewitsch eine Prise nahm und ihm die Wangen und die Stellen unter der Nase, hinter den Ohren und unter dem Kinn einseifte – kurzum alles, was ihm gerade einfiel.

Dieser ehrenwerte Bürger stand schon auf der Isaak-Brücke. Er blickte sich um, beugte sich über das Geländer, als ob er sehen wollte, ob viele Fische dort unten schwammen, und warf das Läppchen mit der Nase verstohlen ins Wasser. Es war, als fiele eine riesige Last von seiner Seele. Iwan Jakowlewitsch musste lächeln. Statt sich nun auf den Weg zu machen, um seine Beamten zu rasieren, wollte er zunächst in einem Wirtshaus einkehren, dessen Schild »Speisen und Tee« versprach, und sich ein Glas Punsch bestellen. Aber da sah er plötzlich am Ende der Brücke den Revierinspektor, einen Mann von vornehmem Aussehen, mit breitem Backenbart, Dreispitz und Degen. Iwan Jakowlewitsch erstarrte, aber der Revierinspektor winkte ihm mit dem Finger und sagte: »Komm mal her, mein Freund.«

Iwan Jakowlewitsch wusste, was sich gehört, nahm seine Mütze ab, ging eilfertig zu ihm und sagte: »Guten Tag, Euer Wohlgeboren!«

»Nein, nein, Brüderchen, nichts von Wohlgeboren, sag mir lieber, was du da auf der Brücke gemacht hast.«

»Bei Gott, Herr, ich war unterwegs, zum Kundenrasieren, und hab nur geguckt, wie schnell die Newa fließt.«

»Du lügst, das ist eine Lüge – so kommst du mir nicht davon. Antworte wahr!«

»Ich will Euer Gnaden zweimal, ja sogar dreimal umsonst in der Woche rasieren«, erwiderte Iwan Jakowlewitsch.

»Nein, Freundchen, das sind Dummheiten! Ich werde schon von drei Barbieren rasiert, die es sich zur Ehre anrechnen. Sag mir lieber, was du da eben getan hast.«

Iwan Jakowlewitsch erbleichte … Hier hüllen sich die Geschehnisse in einen Nebel, und es ist schlechterdings unbekannt, was weiter geschah.

II

Der Kollegienassessor Kowaljow erwachte ziemlich früh und machte mit seinen Lippen »Brrr …«, wie er es stets tat, ohne den Grund dafür angeben zu können. Kowaljow streckte sich und ließ sich den kleinen Spiegel geben, der auf dem Tisch stand. Er wollte sich den Pickel ansehen, der am Abend vorher auf seiner Nase erblüht war; zu seinem größten Erstaunen sah er aber an der Stelle der Nase eine vollkommen glatte Fläche! Kowaljow erschrak, ließ sich Wasser geben und rieb sich die Augen mit dem Handtuch: die Nase war wirklich weg! Er fing an, die Stelle mit der Hand zu befühlen, kniff sich auch ins Fleisch, um festzustellen, ob er nicht schliefe: aber nein, er schlief nicht. Der Kollegienassessor Kowaljow sprang aus dem Bett und schüttelte sich – die Nase war noch immer weg! Er ließ sich sofort seine Kleider bringen und machte sich schnurstracks auf den Weg zum Polizeiobermeister.

Indessen müssen wir aber einiges über Kowaljow sagen, damit der Leser erfährt, welche Art Kollegienassessor er war. Die Kollegienassessoren, die diesen Grad Dank ihren Bildungszeugnissen erlangen, lassen sich keinesfalls mit den Kollegienassessoren vergleichen, die es im Kaukasus geworden sind. Es sind zwei völlig verschiedene Arten. Die gebildeten Kollegienassessoren … Russland ist aber ein so merkwürdiges Land, dass, wenn man etwas über einen Kollegienassessor sagt, sämtliche Kollegienassessoren von Riga bis Kamtschatka es unfehlbar auf sich beziehen. Ebenso ist es auch mit allen anderen Titeln und Rängen. Kowaljow war ein kaukasischer Kollegienassessor. Er bekleidete diesen Rang erst seit zwei Jahren und konnte ihn daher keinen Augenblick vergessen; um sich noch mehr Ansehen und Gewicht zu verleihen, nannte er sich niemals schlicht Kollegienassessor, sondern stets Major. »Hör mal, mein Täubchen«, sagte er etwa, wenn er ein Weib sah, das auf der Straße Vorhemden feilbot, »komm zu mir nach Hause; ich wohne in der Sadowaja-Straße, du brauchst nur nach Major Kowaljow zu fragen – jeder wird dir zeigen, wo es ist.« Begegnete er aber einer jungen Schönen, so gab er ihr außerdem einen geheimen Auftrag und fügte hinzu: »Frag nur nach der Wohnung von Major Kowaljow, mein Kind!« Aus diesem Grund wollen auch wir den Kollegienassessor Major nennen.

Der Major Kowaljow pflegte jeden Tag auf dem Newski-Prospekt spazieren zu gehen. Sein Hemdkragen war immer außerordentlich sauber und sorgfältig gestärkt. Sein Backenbart war von jener Art, wie ihn auch die Gouvernements- und Kreislandvermesser, die Architekten und Regimentsärzte, auch die Beamten für Sonderaufgaben tragen, überhaupt alle Männer, die volle und rote Wangen haben und sehr gut Boston spielen: dieser Backenbart reicht bis zur Mitte der Wange und geht von dort bis zur Nase. Der Major Kowaljow trug an seiner Uhrkette eine Reihe Karneol-Petschaften, in die teils Wappen und teils Inschriften geschnitten waren wie »Mittwoch«, »Donnerstag«, »Montag« und so weiter. Major Kowaljow war wegen Geschäften nach Petersburg gekommen, vor allem um sich eine seinem Rang gemäße Stellung zu suchen: im besten Fall die eines Vizegouverneurs, sonst aber die eines Exekutors in irgendeinem angesehenen Departement. Der Major Kowaljow war auch keineswegs abgeneigt zu heiraten, doch nur, wenn die Braut zweihunderttausend

Rubel in die Ehe einbrachte. Nun kann der Leser beurteilen, wie es dem Major zumute war, als er statt seiner recht hübschen und mäßig großen Nase eine überaus alberne, glatte Fläche entdeckte.

Zu allem Unglück ließ sich keine einzige Droschke auf der Straße blicken, und so musste er zu Fuß gehen, in seinen Mantel gehüllt, das Gesicht mit dem Taschentuch verdeckt, als ob er Nasenbluten hätte. – Vielleicht ist es mir nur so vorgekommen: es kann ja nicht sein, dass eine Nase einfach so dumm verschwindet, dachte er und betrat eine Konditorei, um einen Blick in den Spiegel zu werfen. Gottlob war gerade niemand in der Konditorei; die Kellner fegten die Gaststuben und rückten die Stühle an ihren Platz; andere, mit verschlafenen Augen, trugen heiße Piroggen herein; auf den Tischen und Stühlen lagen die kaffeefleckigen Zeitungen von gestern. »Gott sei Dank, es ist keiner da«, sagte er, »jetzt kann ich in den Spiegel schauen.« Er ging ängstlich zum Spiegel und blickte hinein. »Teufel, so ein gemeiner Unfug!«, sagte er und spie aus. »Wenn doch an Stelle der Nase wenigstens etwas anderes wäre, aber so rein nichts, so gar nichts!«

Er biss verdrießlich die Zähne zusammen und trat aus der Konditorei, fest entschlossen, entgegen seiner Gewohnheit niemanden anzusehen und auch niemandem zuzulächeln. Plötzlich blieb er wie angewurzelt vor der Einfahrt eines Hauses stehen; vor seinen Augen geschah etwas Unfassbares: vor der Einfahrt hielt eine Equipage, der Schlag wurde geöffnet, ein Herr in Uniform sprang in gebückter Haltung aus dem Wagen und eilte die Treppe hinauf. Wie groß war das Entsetzen und zugleich das Erstaunen Kowaljows, als er in ihm seine eigene Nase erkannte! Bei diesem ungewöhnlichen Anblick drehte sich ihm alles vor den Augen; er konnte sich kaum noch auf den Beinen halten; aber er wollte, koste es was es wolle, warten, bis sie wieder in die Equipage stieg; dabei zitterte er am ganzen Körper wie im Fieber. Nach zwei

Minuten trat die Nase wieder aus dem Haus. Sie trug eine goldbestickte Uniform mit hohem Stehkragen, Beinkleider aus Wildleder und einen Degen an der Seite. An dem Hut mit dem Federbusch konnte man ersehen, dass sie im Rang eines Staatsrats stand. Alles wies darauf hin, dass sie Besuche machte. Sie sah nach rechts und links, rief zum Kutscher »Fahr vor!«, stieg ein und fuhr davon.

Der arme Kowaljow war wie von Sinnen. Er wusste nicht, was er von einem so seltsamen Geschehen denken sollte. Wie war es denn möglich, dass die Nase, die sich noch gestern in seinem Gesicht befunden hatte und die weder fahren noch gehen konnte, plötzlich eine Uniform trug! Er eilte der Equipage nach, die glücklicherweise nicht weit fuhr und vor der Kasaner Kathedrale hielt.

Er stürzte in die Kathedrale und drängte sich durch eine Reihe alter Bettelweiber mit verbundenen Gesichtern und zwei Löchern für die Augen, über die er sich früher so oft lustig gemacht hatte. In der Kirche waren nur wenige Beter. Kowaljow war so aufgeregt, dass er keine Kraft zum Beten fand und nur nach der einen Person Ausschau hielt; endlich sah er sie abseits stehen. Die Nase hielt ihr Gesicht in dem hohen Stehkragen verborgen und betete offensichtlich mit tiefer Andacht.

Wie soll ich mich ihr nähern?, dachte Kowaljow. An allem, an der Uniform und dem Hut ist zu erkennen, dass sie im Rang eines Staatsrats steht. Weiß der Teufel, wie ich es machen soll!

Er begann zu hüsteln, aber die Nase verharrte in ihrer andächtigen Stellung und verbeugte sich ständig.

»Mein Herr«, sagte Kowaljow, sich innerlich Mut zusprechend, »mein Herr ...«

»Was wünschen Sie?«, fragte die Nase, indem sie sich umdrehte.

»Es erscheint mir so merkwürdig, mein Herr ... ich denke ... Sie sollten doch wissen, wo Sie hingehören ... Plötzlich finde ich Sie, und wo? – in der Kirche. Sie werden doch zugeben …«

»Verzeihen Sie, ich habe nicht den geringsten Schimmer, wovon Sie sprechen … Erklären Sie sich bitte deutlicher.«

Wie soll ich mich erklären?, dachte Kowaljow. Dann fasste er sich ein Herz und begann: »Natürlich, ich … übrigens bin ich Major. Sie werden doch zugeben, dass es sich für mich nicht schickt, ohne Nase zu sein. Eine Händlerin, die auf der Woskressenski-Brücke geschälte Orangen verkauft, kann sich noch ohne Nase behelfen; aber ich, der ich Aussicht auf eine höhere Anstellung habe … und außerdem in Häusern verkehre und mit Damen bekannt bin: mit der Frau Staatsrat Tschechtarjowa und anderen … Urteilen Sie selbst … Ich weiß nicht, mein Herr (bei diesen Worten zuckte der Major Kowaljow die Achseln) … verzeihen Sie … wenn man es vom Standpunkt des Pflichtbewusstseins oder des Ehrgefühls ansieht … Sie werden selbst verstehen …«

»Ich verstehe gar nichts«, antwortete die Nase. »Erklären Sie sich deutlicher.«

»Mein Herr«, sagte Kowaljow mit würdevoller Bestimmtheit, »ich weiß nicht, wie ich Ihre Worte auffassen soll … Die ganze Angelegenheit liegt doch auf der Hand … oder wollen Sie nicht … Sie sind doch meine eigene Nase.«

Die Nase sah den Major an und zog die Brauen zusammen.

»Sie täuschen sich, mein Herr: ich lebe ganz unabhängig. Außerdem kann es zwischen uns keine engere Verbindung geben. Nach den Knöpfen Ihrer Uniform zu schließen, gehören Sie einem völlig anderen Ressort an.« Mit diesen Worten wandte sich die Nase von ihm ab.

Kowaljow war vollkommen verwirrt und wusste nicht, was er tun, ja nicht einmal, was er denken sollte. In diesem Augenblick hörte er das angenehme Rascheln eines Damenkleids: eine ältere Dame mit verschwenderischer

Spitze an ihrer Garderobe stand nahebei, begleitet von einem Mädchen, dessen weißes Kleid sich wunderschön um ihre schlanke Gestalt schmiegte; darüber trug es einen strohgelben Hut, so leicht wie Schaumgebäck. Dahinter stand ein baumlanger Heiduck mit mächtigem Backenbart und einem ganzen Dutzend Mantelkrägen und öffnete seine Tabaksdose.

Kowaljow näherte sich ihnen, richtete den Batistkragen seines Vorhemds, ordnete die Petschaften an seiner goldenen Uhrkette und wandte sich aufmerksam der jungen Dame zu, die, graziös vorgebeugt wie eine Frühlingsblume, sich mit ihrem weißen Händchen und den durchscheinenden Fingern an die Stirn griff. Kowaljow lächelte noch wohlwollender, als er unter ihrem Hütchen ein rundliches, schneeweißes Kinn und einen Teil der Wange in der Farbe der ersten Frühlingsrosen erblühen sah. Aber plötzlich prallte er zurück, als hätte er sich verbrannt. Er erinnerte sich, dass er an der Stelle der Nase absolut nichts mehr hatte, und Tränen liefen ihm aus den Augen. Er drehte sich um und wollte dem Herrn in der Uniform sagen, dass er sich bloß als Staatsrat verstelle, dass er ein Spitzbube und Schuft sei und nichts weiter als seine eigene Nase … Die Nase war aber schon verschwunden: sie hatte sich verflüchtigt, wahrscheinlich um noch den einen oder anderen Besuch abzustatten.

Dies brachte Kowaljow zur Verzweiflung. Er ging zurück und blieb eine Minute lang in der Säulenhalle stehen, um ringsum nach der Nase Ausschau zu halten. Er erinnerte sich sehr gut, dass sie einen mit Federn geschmückten Hut und eine goldbestickte Uniform trug; doch hatte er sich weder ihren Mantel, noch die Farbe der Equipage und der Pferde gemerkt, und auch nicht, ob hinten ein Lakai (und in welcher Livree) gestanden hatte. Außerdem fuhren hier so viele Equipagen und so schnell vorbei, dass es schwer war, sich eine zu merken; und selbst wenn er sie erkannt hätte, wäre es ihm unmöglich gewesen, sie anzuhalten. Der Tag war schön und sonnig. Auf dem Newski-Prospekt wimmelte es von Menschen; eine ganze Blumenkaskade von Damen wogte über das Trottoir von der Polizeibrücke bis zur Anitschkinbrücke. Da sieht er einen ihm bekannten Hofrat, den er, besonders in Gegenwart von Fremden, Oberstleutnant zu titulieren pflegt. Da ist Jaryschkin, Abteilungsleiter im Senat, ein guter Freund, der im Bostonspiel immer verliert, wenn er 8 spielt. Und da ist ein anderer Major, der seinen Assessor im Kaukasus gemacht hat und der ihn mit der Hand zu sich winkt …

»Hol ihn der Teufel!«, sagte Kowaljow. »He, Kutscher, fahr mich direkt zum Polizeiobermeister!«

Kowaljow stieg in die Droschke und rief dem Kutscher zu: »Fahr so schnell du kannst!«

Kaum im Vestibül rief er: »Ist der Polizeiobermeister da?«

»Zu Befehl, nein«, antwortete der Portier. »Nein, der Herr Polizeiobermeister sind eben ausgefahren.«

»Was?«

»Jawohl«, fügte der Portier hinzu, »Es ist zwar noch nicht lange her, aber er ist ausgefahren; wären Sie etwas früher gekommen, hätten Sie ihn vielleicht noch angetroffen.«

Kowaljow setzte sich, ohne das Taschentuch vom Gesicht zu nehmen, wieder in die Droschke und rief dem Kutscher verzweifelt zu: »Los, fahr schon!«

»Wohin?«, fragte der Kutscher.

»Geradeaus!«

»Wie, geradeaus? Hier geht's nur nach rechts oder links!«

Diese Auskunft brachte Kowaljow zur Besinnung und zwang ihn, erneut nachzudenken. Er hätte sich eigentlich an die Polizeidirektion wenden müssen, nicht etwa weil seine Situation irgendetwas mit der Polizei zu tun gehabt hätte, sondern weil dort sehr viel schneller Anordnungen getroffen werden konnten als in anderen Behörden. Genugtuung von den Vorgesetzten jener Behörde zu verlangen, bei der die Nase zu dienen behauptete, wäre unklug gewesen, weil bereits die eigenen Worte der Nase offenbarten, dass ihr nichts heilig war und sie auch in diesem Fall lügen würde, so wie sie schon gelogen hatte, als sie behauptete, Kowaljow noch nie gesehen zu haben. Kowaljow wollte dem Kutscher schon den Befehl geben, zur Polizeidirektion zu fahren, als ihm wieder der Gedanke kam, dass dieser Gauner und Spitzbube, der sich schon bei der ersten Begegnung so gewissenlos benommen hatte, den günstigen Augenblick nutzen und die Stadt verlassen könnte – und dann wäre alles Suchen vergebens, oder es könnte auch, Gott behüte, einen ganzen Monat lang dauern. Endlich schenkte wohl der Himmel selbst ihm einen Geistesblitz. Er beschloss, sich an die Annoncen-Expedition zu wenden und rechtzeitig eine Anzeige aufzugeben mit genauer Personenbeschreibung der Nase, damit jeder, der ihr begegnete, sie ihm wiederbringen oder wenigstens ihren Aufenthaltsort angeben könnte. Als er diesen Entschluss gefasst hatte, befahl er dem Kutscher, zur Zeitungsexpedition zu fahren. Und während der ganzen Fahrt bearbeitete er den Rücken des Kutschers mit der Faust und schrie: »Schneller, du Spitzbube! Schneller, du Schuft!«

»Ach, Herr!«, sagte der Kutscher, schüttelte den Kopf und peitschte mit den Zügeln auf den Rücken seines Pferdes ein, das langhaarig wie ein Bologneser Hündchen war.

Endlich hielt die Droschke, und Kowaljow stürzte atemlos in einen engen Empfangsraum, in dem ein kleiner grauhaariger Beamter in einem alten Frack und mit Brille an einem Tisch saß und, einen Gänsekiel zwischen den Zähnen, die eingenommenen Kupfermünzen zählte.

»Wo gibt man hier Anzeigen auf?«, rief Kowaljow. »Ach, guten Tag!«

»Meine Verehrung!« Der grauhaarige Beamte hob kurz den Blick und wendete sich dann wieder den Münzstapeln zu.

»Ich habe eine Anzeige ...«

»Entschuldigen Sie, aber haben Sie doch bitte noch etwas Geduld ...«, sagte der Beamte, notierte mit der rechten Hand eine Zahl auf einen Zettel und verschob mit der Linken zwei Kugeln auf dem Rechenbrett.

Ein betresster Lakai, dessen gepflegtes Äußeres auf eine Anstellung in einem aristokratischen Haushalt schließen ließ, stand mit einem Blatt Papier in der Hand neben dem Tisch und fand es angemessen, seine Weltläufigkeit zu zeigen: »Glauben Sie mir, mein Herr, der Hund ist keine acht Kopeken wert, ich würde keine vier Kopeken für ihn geben, aber die Gräfin liebt ihn nun mal! Deshalb verspricht sie dem Finder hundert Rubel! Höflich und unter uns gesagt: die Geschmäcker der Menschen sind unberechenbar. Wenn man schon Hundeliebhaber ist, dann halte man sich einen Jagdhund oder Pudel. Gib fünfhundert oder von mir aus sogar tausend Rubel aus, aber dafür hat man einen wirklich guten Hund!«

Der ehrenwerte Beamte hörte ihm mit ernster Miene zu und zählte zugleich die Buchstaben auf dem Papier, das der Lakai mitgebracht hatte. Rechts und links standen noch reihenweise alte Frauen, Handlungsgehilfen und Hausknechte mit ihren Eingaben. Auf einem dieser Zettel hieß es, dass ein nüchterner Kutscher von seinem Besitzer in fremde Dienste gegeben werde; in einem anderen wurde eine wenig benutzte, im Jahre 1814 aus Paris mitgebrachte Equipage feilgeboten; hier wurde ein leibeigenes Mädchen von neunzehn Jahren, das waschen konnte und auch für andere Arbeiten taugte, ausgeschrieben; dort eine solide Droschke, an der eine der beiden Federn fehlte; ein junger, feuriger Apfelschimmel von siebzehn Jahren; neue, aus London bezogene Rüben- und Radieschensamen; ein Landgut mit allem Zubehör: mit einem Stall für zwei Pferde und einem Platz, auf dem man einen prachtvollen Birken- oder Tannenhain anlegen konnte;

eine Anzeige über den Verkauf alter Stiefelsohlen nebst Aufforderung, sich zwischen acht und fünfzehn Uhr bei der Versteigerung derselben einzufinden. Der Raum, in dem sich diese ganze Gesellschaft befand, war klein und die Luft darin außerordentlich stickig; aber der Kollegienassessor Kowaljow konnte es nicht spüren, da er sich das Taschentuch vors Gesicht hielt und auch, weil seine Nase sich Gott weiß wo befand.

»Mein Herr, darf ich Sie bitten … Ich bin in Eile …«, sagte er schließlich voller Ungeduld.

»Gleich, gleich! … Zwei Rubel dreiundvierzig Kopeken … Einen Augenblick! … Ein Rubel vierundsechzig Kopeken«, sagte der grauhaarige Herr, während er den alten Weibern und den Hausknechten ihre Zettel ins Gesicht warf. »Was wünschen Sie?«, wandte er sich endlich an Kowaljow.

»Ich bitte …«, sagte Kowaljow, »es liegt ein Schwindel oder Betrug vor – ich weiß es noch nicht. Ich bitte Sie nur zu annoncieren, dass derjenige, der mir diesen Spitzbuben herbeischafft, eine großzügige Belohnung erhalten wird.«

»Darf ich fragen, wie Ihr Familienname lautet?«

»Nein, was brauchen Sie meinen Familiennamen? Ich kann ihn nicht bekanntgeben. Ich habe viele Beziehungen in die Gesellschaft: die Frau Staatsrat Tschechtarjowna, die Frau Stabsoffizier Pelageja Grigorjewna Podtotschina … Wenn sie es, Gott behüte, erfahren! Sie können einfach schreiben: ein Kollegienassessor, oder noch besser: ein Herr im Majorsrang.«

»Ist Ihnen ein Leibeigener entlaufen?«

»Ach was, Leibeigener. Das wäre keine so große Schande! Mir ist die … Nase ausgerückt …«

»Hm! Ein sonderbarer Familienname! Hat Sie dieser Herr Nase um eine große Summe betrogen?«

»Das heißt: *die* Nase … Sie haben mich nicht richtig verstanden! Die Nase, meine eigene Nase, ist mit unbekanntem Ziel irgendwohin entschwunden. Der Teufel hat mir einen Streich gespielt!«

»Ja, auf welche Weise ist sie denn verschwunden? Ich verstehe nicht recht.«

»Selbst ich kann Ihnen nicht sagen, auf welche Weise. Das Wichtigste ist aber, dass sie jetzt in der Stadt umherfährt und sich Staatsrat nennt. Darum bitte ich Sie, zu annoncieren, dass derjenige, der sie einfangen sollte, sie mir unverzüglich zurückbringen möchte. Bedenken Sie doch: wie soll ich ohne diesen so wichtigen Körperteil leben? Das ist doch kein kleiner Zeh, der im Stiefel steckt und dessen Fehlen kein Mensch bemerkt. Ich bin jeden Donnerstag bei der Frau Staatsrat Tschechtarjowna. Die Frau Stabsoffizier Pelageja Grigorjewna Podtotschina – sie hat ein hübsches Töchterchen – ist auch eine gute Bekannte von mir; urteilen Sie selbst, was soll jetzt tun … Ich kann mich doch bei diesen Damen unmöglich sehen lassen.«

Der Beamte überlegte sich den Fall: seine fest zusammengekniffenen Lippen wiesen darauf hin.

»Nein, ich kann eine solche Annonce nicht einrücken«, sagte er schließlich nach langem Schweigen.

»Wie? Warum?«

»Also, die Zeitung könnte ihren guten Ruf verlieren. Wenn jeder schreiben wollte, dass ihm seine Nase davongelaufen ist, so … Es ist ohnehin schon genug davon die Rede, dass viel zu viele sinnlose und falsche Gerüchte gedruckt werden.«

»Warum sollte denn diese Sache sinnlos sein? Das sehe ich wahrhaftig nicht ein …«

»Das mögen Sie durchaus nicht einsehen. Aber in der vorigen Woche hatten wir folgenden Fall. Es kam ein Beamter, genau so wie Sie jetzt kommen, und brachte eine Annonce, für die ihm zwei Rubel dreiundsiebzig Kopeken berechnet wurden: die Annonce lautete, dass ein schwarzer Pudel entlaufen sei. Man sollte doch meinen, es sei nichts dabei! Aber das Ganze war eine Verleumdung: mit dem Pudel war der Kassierer, ich weiß nicht mehr welcher Behörde, gemeint.«

»Bei meiner Annonce geht es aber nicht um einen Pudel, sondern um meine eigene Nase; und das ist doch fast dasselbe, als ob es um mich selber ginge.«

»Nein, eine solche Annonce kann ich nicht aufnehmen.«

»Wenn ich aber doch wirklich die Nase verloren habe?«

»Wenn Sie sie verloren haben, ist das eine Sache für den Arzt. Es heißt, es gibt welche, die einem eine beliebige Nase applizieren können. Ich sehe übrigens, dass Sie ein lustiger Kerl sind und in Gesellschaft gerne scherzen.«

»Ich schwöre Ihnen, bei Gott! Wenn es nicht anders geht, so will ich es Ihnen zeigen.«

»Wofür den Aufwand!«, sagte der Beamte, indem er eine Prise nahm. »Wenn es Ihnen übrigens keine Mühe macht«, fügte er neugierig hinzu, »so möchte ich mir's doch anschauen.«

Der Kollegienassessor nahm sich das Taschentuch vom Gesicht.

»In der Tat, sehr merkwürdig!«, sagte der Beamte. »Die Stelle ist so vollkommen glatt wie ein frischgebackener Pfannkuchen. Ganz unwahrscheinlich glatt!«

»Jetzt werden Sie wohl nicht mehr widersprechen. Jetzt sehen Sie selbst, dass Sie die Anzeige aufnehmen müssen. Ich werde Ihnen sehr dankbar sein und bin froh, dass diese Gelegenheit mir das Vergnügen verschafft hat, Sie kennenzulernen.« Der Major ließ sich, wie man daraus ersehen kann, zu einer kleinen Schmeichelei hinreißen.

»Abdrucken kann ich es wohl, das ist nicht schwer«, sagte der Beamte, »aber welchen Nutzen soll das für Sie haben? Wenn Sie wollen, dann lassen Sie es von jemandem, der sich darauf versteht, als ein seltenes Naturschauspiel beschreiben und in der ›Nördlichen Biene‹ veröffentlichen (hier nahm er wieder eine Prise), zur Belehrung der

Jugend (er schneuzte sich) oder zur allgemeinen Unterhaltung.«

Der Kollegienassessor war nun recht niedergeschlagen. Sein Blick fiel auf den unteren Teil des Zeitungsblatts, wo sich die Theateranzeigen befanden; er wollte schon lächeln, als er auf den Namen einer hübschen Schauspielerin stieß, und seine Hand fuhr schon in die Tasche, um nachzusehen, ob er noch ein blaues Läppchen hatte, da doch Personen im Stabsoffiziersrang seiner Meinung nach nur im Parkett sitzen durften; aber der Gedanke an seine Nase verdarb alles!

Den Beamten schien die schwierige Lage Kowaljows zu rühren. Er wollte seinen Kummer wenigstens etwas lindern und hielt es für angebracht, seiner Teilnahme wie folgt Ausdruck zu geben: »Es tut mir wirklich leid, dass Ihnen so etwas passiert ist. Wollen Sie nicht eine Prise nehmen? Dies hilft gegen Kopfweh und Trübsal; selbst gegen Hämorrhoiden ist es gut.« Mit diesen Worten reichte der Beamte Kowaljow seine Tabaksdose und klappte sehr geschickt den Deckel mit dem Bildnis einer hutgeschmückten Dame auf.

Diese unüberlegte Handlung brachte Kowaljow um seine Geduld. »Ich verstehe nicht, wie Sie jetzt noch spaßen können«, sagte er erregt. »Sehen Sie denn nicht, dass mir gerade das fehlt, womit ich schnupfen könnte? Zum Teufel mit Ihrem Tabak! Ich kann gerade gar keinen Tabak ansehen, weder Ihren schlechten Beresiner, noch einen echten Rapé.«

Mit diesen Worten verließ er tief gekränkt die Zeitungsexpedition und begab sich zum Vorsteher des Polizeireviers.

Kowaljow traf in dem Augenblick bei ihm ein, als dieser sich räkelte und sagte: »Ach, jetzt leg ich mich zwei Stunden wunderbar schlafen.« Der Kollegienassessor kam also ziemlich ungelegen. Der Reviervorsteher war ein Beschützer aller Künste und Handwerke, zog aber eine Reichsbanknote allen anderen Dingen vor. »Das ist ein Gegenstand«, pflegte er zu sagen, »es gibt nichts Besseres als diesen Gegenstand:

er braucht nicht gefüttert zu werden, nimmt wenig Platz weg, findet in jeder Tasche Unterkunft und zerbricht nicht, wenn man ihn fallen lässt.«

Der Reviervorsteher empfing Kowaljow ziemlich kühl und sagte, dass die Zeit nach dem Mittagessen für eine Unterredung denkbar ungeeignet sei; die Natur selbst hätte es so eingerichtet, dass der Mensch nach dem Essen ausruhen müsse (der Kollegienassessor konnte daraus ersehen, dass dem Reviervorsteher die Aussprüche der Weisen des Altertums nicht unbekannt waren); aber einem ordentlichen Menschen werde niemand die Nase abbeißen.

Damit traf er den wundesten Punkt. Man muss wissen, dass Kowlajow überaus empfindlich war. Alles, was man über ihn selbst sagte, konnte er noch verzeihen, er vergab aber nichts, was seinen Titel oder Dienstgrad verletzte. Er glaubte sogar, dass in Theaterstücken alles erlaubt war, was sich auf die Subalternoffiziere bezog, jedoch durften in keiner Weise die Stabsoffiziere angetastet werden. Der Empfang durch den Reviervorsteher verwirrte ihn so, dass er den Kopf schüttelte, die Arme etwas ausbreitete und, im Bewusstsein seiner Würde, erklärte: »Offen gestanden habe ich nach so beleidigenden Äußerungen nicht mehr zu sagen …« Und mit diesen Worten ging er.

Er kam nach Hause, müde und abgespannt. Es dunkelte schon. So traurig und hässlich erschien ihm seine Wohnung nach all dieser vergeblichen Sucherei. Als er ins Vorzimmer trat, erblickte er auf dem schmutzigen Sofa seinen Lakai Iwan; er lag auf dem Rücken und spuckte auf die Zimmerdecke, wobei er ziemlich geschickt immer die gleiche Stelle traf. Diese Gleichgültigkeit machte ihn rasend; er schlug ihm mit seinem Hut auf den Kopf und rief: »Schwein, immer machst du Dummheiten!«

Iwan sprang sofort auf und beeilte sich, ihm aus dem Mantel zu helfen.

Der Major trat müde und traurig in sein Zimmer, ließ

sich in einen Sessel sinken und sagte schließlich, nachdem er einige Mal geseufzt hatte:

»Mein Gott, mein Gott! Womit habe ich dieses Unglück verdient? Wenn mir ein Arm oder ein Bein fehlte, so wäre es immer noch besser; aber ohne die Nase ist der Mensch weiß der Teufel was; kein Vogel und kein Bürger, man möchte ihn einfach packen und zum Fenster hinauswerfen! Hätte man sie mir doch im Krieg abgeschnitten oder im Duell oder hätte ich es selbst verschuldet; sie ist aber um nichts und wieder nichts verschwunden, ganz sinnlos! … Aber nein, es kann nicht sein«, fügte er nach einigem Nachdenken hinzu, »es ist nicht wahrscheinlich, dass eine Nase verschwinden kann, es ist vollkommen unwahrscheinlich. Vielleicht habe ich aus Versehen statt Wasser den Wodka getrunken, mit dem ich mir nach dem Rasieren das Kinn einreibe. Dieser dumme Iwan hat ihn nicht weggestellt, und so habe ich ihn wohl getrunken.«

Um sich zu überzeugen, dass er nicht betrunken war, kniff sich der Major so schmerzhaft ins Fleisch, dass er aufschrie. Dieser Schmerz überzeugte ihn vollkommen davon, dass er im Wachzustand handelte und lebte. Er trat vorsichtig vor den Spiegel und schloss erst die Augen, in der Hoffnung, dass die Nase vielleicht doch noch auf ihren Platz zurückkehren werde. Aber im gleichen Augenblick taumelte er zurück und rief: »So eine Karikatur!«

Es war einfach unbegreiflich. Wenn ihm doch ein Knopf, ein silberner Löffel, eine Uhr oder etwas ähnliches abhanden gekommen wäre – aber so etwas und das in seiner eigenen Wohnung! … Der Major Kowaljow zog alle Umstände in Betracht und kam zu dem Schluss, das Wahrschenlichste sei, dass die Frau Stabsoffizier Podtotschina, die ihn gern zum Schwiegersohn gehabt hätte, die Schuld am Unglück trug. Er selbst machte wohl gern der Tochter den Hof, vermied aber die Konsequenzen. Als die Frau Stabsoffizier ihm unumwunden erklärte, dass sie ihre Tochter mit ihm verheiraten wollte, zog er sich mit seinen Komplimenten sowie der Behauptung zurück, er sei zu jung und müsse noch fünf Jahre dienen, um genau zweiundvierzig Jahre zu werden. Darum hatte sich die Frau Stabsoffizier wohl aus Rachedurst in den Kopf gesetzt, sein Äußeres zu verunstalten und dies irgendeiner alten Hexe aufgetragen; es war ja auf keine Weise anzunehmen, dass die Nase einfach abgeschnitten worden war: niemand war in seinem Zimmer gewesen, und der Barbier Iwan Jakowlewitsch hatte ihn schon am Mittwoch rasiert; die Nase war aber am Mittwoch und sogar am Donnerstag noch da – das wusste er genau; außerdem hätte er doch einen Schmerz gespürt, und die Wunde wäre nicht so schnell zugeheilt und so glatt wie ein Pfannkuchen geworden. Er schmiedete Pläne: ob er die Frau Stabsoffizier in aller Form vor Gericht laden oder persönlich bei ihr vorstellig werden sollte, um sie zur Rechenschaft zu ziehen. Seine Gedanken wurden durch den Lichtschein unterbrochen, der in allen Ritzen der Tür aufleuchtete und anzeigte, dass Iwan die Kerze im Vorzimmer angezündet hatte. Bald erschien Iwan selbst mit der Kerze in der Hand, die das Zimmer in helles Licht tauchte. Die erste Bewegung Kowaljows war, das Taschentuch zu ergreifen und die Stelle zu verhüllen, wo sich noch gestern die Nase befunden hatte, damit der dumme Kerl nicht das Maul aufriss, wenn er seinen Herrn in einem so sonderbaren Zustand sah.

Iwan war noch nicht vollständig eingetreten, als im Vorzimmer eine unbekannte Stimme ertönte: »Wohnt hier der Kollegienassessor Kowaljow?«

»Treten Sie näher, der Major Kowaljow wohnt hier«, sagte Kowaljow, indem er eilig aufsprang und die Tür öffnete.

Herein trat ein Polizeibeamter von angenehmem Aussehen, mit einem nicht zu hellen und nicht zu dunklen Backenbart und ziemlich runden Wangen; es war derselbe, der zu Beginn unserer Erzählung am Ende der Isaak-Brücke gestanden hatte.

»Sie haben geruht, Ihre Nase zu verlieren?«

»Ja, gewiss.«

»Sie ist aufgegriffen worden.«

»Was sagen Sie?«, rief der Major Kowaljow. Er war vor Freude sprachlos. Er starrte den vor ihm stehenden Revierinspektor an, auf dessen vollen Lippen und Wangen der helle Widerschein des Kerzenlichts zitterte. »Auf welche Weise?«

»Auf eine höchst sonderbare Weise: man hat sie kurz vor ihrer Abreise erwischt. Sie stieg eben in die Postkutsche, um nach Riga zu fahren. Sie hatte auch schon längst einen auf den Namen irgendeines Beamten ausgestellten Pass in Händen. Merkwürdigerweise habe ich sie selbst erst für einen Herrn gehalten; zum Glück hatte ich aber meine Brille bei mir und merkte sofort, dass es eine Nase war. Ich bin ja kurzsichtig, und wenn Sie vor mir stehen, so sehe ich wohl, dass Sie ein Gesicht haben, kann aber die Nase und den Bart nicht unterscheiden. Meine Schwiegermutter, das heißt die Mutter meiner Frau, sieht ebenfalls nichts.«

Kowaljow geriet außer sich. »Wo ist sie denn? Wo? Ich will sofort zu ihr.«

»Bemühen Sie sich bitte nicht. Ich wusste, dass Sie sie sehr vermissen, und habe sie daher gleich mitgebracht. Merkwürdig ist auch, dass der Hauptbeteiligte in dieser Sache der spitzbübische Barbier aus der Wosnessenskij-Straße ist, der bereits im Arrest sitzt. Ich hatte ihn schon lange der Trunksucht und Gaunerei verdächtigt; erst vorgestern hat er in einem Laden ein Dutzend Knöpfe gestohlen. Ihre Nase ist aber ganz unversehrt.«

Mit diesen Worten griff der Revierinspektor in die Tasche und holte die in ein Papier eingewickelte Nase hervor.

»Ja, das ist sie!«, rief Kowaljow. »Ja, das ist sie! Trinken Sie doch heute ein Tässchen Tee mit mir!«

»Es wäre mir eine große Ehre, aber es geht leider nicht: ich muss mich von hier sofort ins Zuchthaus begeben ...

Alle Lebensmittelpreise sind übrigens beträchtlich gestiegen … Ich habe aber meine Schwiegermutter, das heißt die Mutter meiner Frau, auf dem Hals und auch meine Kinder; der Älteste berechtigt zu den schönsten Hoffnungen und ist sehr klug; aber ich habe gar keine Mittel, um ihm eine ordentliche Erziehung angedeihen zu lassen …«

Als der Polizeibeamte gegangen war, verharrte der Kollegienassessor einige Minuten in einer seltsamen Gemütsverfassung und konnte fast nichts sehen oder fühlen: die plötzliche Freude hatte ihm fast das Bewusstsein geraubt. Er ergriff die wiedergefundene Nase vorsichtig mit beiden Händen und sah sie noch einmal aufmerksam an.

»Ja, das ist sie! Ja, das ist sie!«, sagte Major Kowaljow. »Da ist auch das kleine Pickelchen links, das sich gestern gezeigt hat.« Der Major lachte fast vor Freude.

Aber auf dieser Welt ist nichts von Dauer, darum ist auch die Freude in der zweiten Minute niemals so lebhaft wie in der ersten; in der dritten Minute schwindet sie noch mehr und geht dann unmerklich in der gewöhnlichen Stimmung unter, wie auch der von einem ins Wasser geworfene Stein erzeugte Kreis schließlich auf der glatten Oberfläche verschwindet. Kowaljow wurde nachdenklich und begriff, dass die Sache noch nicht erledigt war: die Nase war wohl wieder da, aber man musste sie noch an ihrem alten Platz anbringen.

»Was, wenn sie nicht festsitzt?«

Bei dieser Frage, die er an sich selbst richtete, erbleichte der Major.

Mit unaussprechlicher Angst stürzte er zum Tisch und rückte den Spiegel heran, um die Nase nicht schief aufzusetzen. Seine Hände zitterten. Ganz vorsichtig hielt er sie an die alte Stelle. Oh, Schrecken! Die Nase wollte nicht halten! … Er hielt sie an den Mund, erwärmte sie mit seinem Atem und setzte sie wieder auf die glatte Stelle zwischen seinen Wangen: aber die Nase wollte nicht halten.

»Na, na! Bleib doch sitzen, du Dumme!«, sagte er zu ihr; die Nase war aber wie hölzern, und wenn sie auf den Tisch fiel, gab es einen seltsamen Ton, als ob es ein Stück Kork wäre. Die Züge Kowaljows verzerrten sich wie im Krampf. »Will sie denn nicht anwachsen?«, fragte er sich voller Angst. Aber so oft er sie auch an ihre Stelle setzte, seine Mühe blieb vergeblich.

Er rief Iwan und schickte ihn nach dem Arzt, der in der schönsten Wohnung des Hauses in der Beletage wohnte. Der Arzt, ein stattlicher Mann, nannte einen wunderschönen pechschwarzen Backenbart und eine frische, gesunde Gattin sein eigen, pflegte morgens frische Äpfel zu essen und hielt seinen Mund ungewöhnlich sauber: er spülte ihn jeden Morgen fast eine Dreiviertelstunde lang und putzte die Zähne mit fünf verschiedenen Bürsten. Der Arzt kam augenblicklich. Er erkundigte sich, vor wie viel Tagen das Unglück geschehen war, ergriff den Major Kowaljow am Kinn und gab ihm mit dem Daumen einen Nasenstüber auf die Stelle, wo sich früher die Nase befunden hatte, so dass der Major den Kopf in den Nacken warf und ihn ziemlich heftig gegen die Mauer stieß. Der Medikus erklärte, das mache nichts; er empfahl ihm, von der Wand wegzurücken, und ließ ihn den Kopf erst nach rechts wenden; er betastete die Stelle, wo früher die Nase gesessen hatte, und sagte: »Hm!«, ließ ihn den Kopf nach links wenden, sagte wieder: »Hm!« und gab ihm wieder einen Nasenstüber mit dem Daumen, so dass Major Kowaljow den Kopf zurückwarf wie ein Gaul, dem man die Zähne untersucht. Nach dieser Probe schüttelte der Medikus den Kopf und sagte: »Nein, das wird nicht gehen. Bleiben Sie lieber wie Sie sind, sonst kann es noch schlimmer werden. Die Nase kann man wohl befestigen; ich könnte es sogar jetzt gleich tun, aber ich versichere Ihnen, es wäre für Sie schlimmer.«

»Das ist ja hinreißend! Wie soll ich ohne die Nase leben?«, fragte Kowaljow. »Schlimmer als jetzt kann es doch nicht werden. Da soll doch der Teufel dreinfahren! Wo kann ich mich mit einer solchen Visage zeigen? Ich verkehre in guter Gesellschaft: auch heute Abend muss ich zwei Besuche machen. Ich habe viele Bekannte: die Frau Staatsrat Tschechtarjowna, die Frau Stabsoffizier Podtotschina … wenn ich auch mit ihr jetzt nur noch durch Vermittlung der Polizei verkehre. Haben Sie Erbarmen!«, fuhr Kolwaljow mit flehender Stimme fort, »gibt es denn kein Mittel? Befestigen Sie sie doch irgendwie, wenn auch nicht perfekt, Hauptsache sie sitzt irgendwie fest; ich kann sie in schwierigen Situationen mit der Hand festhalten. Außerdem werde ich nicht tanzen und daher keine unvorsichtige Bewegung machen, die schaden könnte. Und was das Honorar für Ihren Besuch betrifft, so seien Sie versichert, dass ich bereit bin, soweit es meine Mittel gestatten …«

»Glauben Sie mir«, sagte der Arzt weder zu laut noch zu leise, doch außerordentlich überzeugend und eindringlich, »ich praktiziere nicht aus Habgier. Ich nehme für meine Visiten wohl Geld, aber nur, um niemanden durch eine Weigerung zu kränken. Gewiss, ich kann Ihnen die Nase wohl ansetzen; aber ich gebe Ihnen mein Ehrenwort, wenn Sie es mir so nicht glauben wollen, dass es für Sie schlimmer wäre. Verlassen Sie sich auf das Walten der Natur. Waschen Sie die Stelle öfter mit kaltem Wasser, und ich versichere Ihnen, dass Sie dann ohne Nase ebenso gesund sein werden wie mit der Nase. Ich rate Ihnen, die Nase in Spiritus zu legen, oder noch besser, in zwei Esslöffel starken Wodka und warmen Essig – dann können Sie sie recht vorteilhaft verkaufen. Ich will sie Ihnen sogar selbst abkaufen, wenn Sie nicht zu viel verlangen.«

»Nein, nein! Ich verkaufe sie um nichts in der Welt!«, schrie der Major Kowaljow verzweifelt. »Dann soll sie lieber verderben!«

»Verzeihen Sie!«, sagte der Arzt, der sich zum Gehen anschickte, »ich wollte Ihnen nützlich sein … Was kann ich tun! Jedenfalls haben Sie meinen guten Willen gesehen.«

Mit diesen Worten ging der Arzt in aufrechter Haltung aus dem Zimmer. Kowaljow hatte in seiner tiefen Erregung sein Gesicht gar nicht gesehen und nur die aus den Ärmeln seines schwarzen Fracks hervorlugenden schneeweißen Manschetten bemerkt.

Am nächsten Tag beschloss er, bevor er eine Klage einreichte, der Frau Stabsoffizier zu schreiben, ob sie nicht bereit wäre, ihm kampflos das, was ihm gehörte, zurückzugeben. Der Brief lautete wie folgt:

Sehr geehrte Alexandra Grigorjewna!

Ich kann Ihre Handlungsweise, die für einen Unbeteiligten so befremdend ist, unmöglich begreifen. Seien Sie versichert, dass Sie, wenn Sie so handeln, gar nichts erreichen und mich keineswegs zwingen können, Ihre Tochter zu heiraten. Glauben Sie mir, die Geschichte mit der Nase ist mir gut bekannt, ebenso wie der Umstand, dass Sie und niemand anders die Hauptverantwortliche sind. Das plötzliche Verschwinden derselben von ihrem Platz, ihre Flucht und ihr Auftauchen erst in der Gestalt eines Beamten, dann in ihrer eigenen Gestalt ist nur eine Folge der Hexereien, die von Ihnen oder von anderen betrieben werden, die sich wie Sie mit dergleichen Dingen abgeben. Ich meinerseits halte es für meine Pflicht, Ihnen zu erklären: wenn die erwähnte Nase sich nicht noch heute auf ihrem Platz befindet, sehe ich mich gezwungen, den Schutz des Gesetzes anzurufen.

Im Übrigen verbleibe ich mit vorzüglicher Hochachtung

Ihr ergebenster Diener
Platon Kowaljow

Die Antwort lautete:

Sehr geehrter Herr Platon Kusmitsch!

Ihr Brief hat mich in höchstes Erstaunen versetzt. Ich muss Ihnen offen gestehen, dass ich dergleichen von Ihnen niemals erwartet hätte, am allerwenigsten aber Ihre aus der Luft gegriffenen Anschuldigungen. Ich versichere Ihnen, dass ich den Beamten, von dem Sie sprechen, weder in einer Maskierung, noch in seiner wahren Gestalt bei mir empfangen habe. Mich hat wohl Philipp Iwanowitsch Potantschikow besucht. Er hat zwar wirklich um die Hand meiner Tochter angehalten, aber ich habe ihm, obwohl er ein trefflicher, nüchterner Mensch und sehr gebildet ist, keinerlei Hoffnung gemacht. Sie sprechen auch noch von der Nase. Wenn Sie damit meinen, ich hätte Ihnen eine Nase drehen, das heißt Sie abweisen wollen, so wundere ich mich, dass Sie selbst davon sprechen, während ich, wie Sie selbst wissen, ganz anderer Ansicht war – wenn Sie jetzt gleich in üblicher Form um die Hand meiner Tochter anhalten, so bin ich bereit, Ihrer Bitte nachzukommen, denn dies war immer mein sehnlichster Wunsch. In dieser Hoffnung bin ich, stets zu Ihren Diensten,

Alexandra Podtotschina

»Nein«, sagte Kowaljow, als er den Brief gelesen hatte, »sie ist unschuldig. Es kann nicht sein! Der Brief ist so abgefasst, wie ihn ein Mensch, der ein Verbrechen auf dem Gewissen hat, niemals abfassen kann.« Der Kollegienassessor verstand sich darauf, da er im Kaukasusgebiet schon öfter an gerichtlichen Untersuchungen teilgenommen hatte. »Auf welche Weise mag es also dazu gekommen sein? Da kennt sich nur der Teufel aus!«, sagte er zuletzt und ließ die Hände sinken.

Inzwischen hatte sich das Gerücht über dieses außergewöhnliche Ereignis in der ganzen Residenzstadt verbreitet, und zwar, wie es so geht, nicht ohne gewisse Ausschmückungen. Damals waren alle Geister für das Übersinnliche eingenommen: das Publikum hatte sich erst vor kurzem für die Versuche mit Magnetismus interessiert. Auch waren die tanzenden Stühle in der Konjuschenna-Straße noch so frisch in Erinnerung, dass es nicht verwunderlich ist, wenn bald das Gerücht aufkam, die Nase des Kollegienassessors Kowaljow spaziere um drei Uhr auf dem Newski-Prospekt umher. Nun versammelte sich dort jeden Tag eine Menge von Neugierigen. Jemand erzählte, die Nase halte sich im Junckerschen Kaufhaus auf, und vor Juncker entstand ein solcher Auflauf, dass sogar die Polizei einschreiten musste. Ein Spekulant von ehrwürdigem Aussehen mit Backenbart verkaufte vor dem Theater trockenes Gebäck und ließ schöne, feste Holzbänke herbeischaffen, auf denen die Neugierigen gegen Bezahlung von achtzig Kopeken stehen durften. Ein verdienter Oberst verließ eigens zu diesem Zweck seine Wohnung und drängte sich mit Mühe durch die Menge; aber zu seiner großen Entrüstung sah er im Schaufenster des Kaufhauses statt der Nase nur ein ganz gewöhnliches wollenes Leibchen und eine Lithographie, die ein junges Mädchen darstellte, das seinen Strumpf richtete und dabei von einem Gecken mit modischer Weste und einem Spitzbart hinter einem Baum beobachtet wurde, eine Lithographie, die seit mehr als zehn Jahren an der gleichen Stelle hing. Der Oberst drehte sich empört um und sagte: »Wie kann man nur mit solchen albernen und unwahrscheinlichen Gerüchten das Volk verwirren!«

Später kam das Gerücht auf, die Nase Kowaljows spaziere nicht auf dem Newski-Pospekt, sondern im Taurischen Garten umher, sie befinde sich schon seit geraumer Zeit dort, so dass bereits Chosrew-Mirza, als er dort weilte, sich über das seltsame Schauspiel gewundert habe. Eine vornehme und angesehene Dame wandte sich brieflich an den Aufseher des Gartens mit der Bitte, ihren Kindern dieses seltsame Phänomen zu zeigen und, wenn möglich, eine für die Jugend belehrende und nützliche Erklärung zu geben.

All diese Ereignisse waren den ständigen Besuchern der eleganten Gesellschaftsempfänge, die die Damen gerne gaben und denen der Stoff zur Unterhaltung um jene Zeit ausgegangen war, besonders angenehm. Eine Minderheit ehrenwerter und wohlgesinnter Leute aber war außerordentlich unzufrieden. Ein Herr sagte aufgebracht, wie es möglich sei, dass in diesem aufgeklärten Zeitalter sich ein derartig alberner Unfug verbreiten könnte, und er müsse sich doch wundern, warum die Regierung nicht einschreite. Dieser Herr gehörte offenbar zu denjenigen, die es gerne sahen, wenn sich die Regierung in alle Dinge einmischt, sogar in die täglichen Streitigkeiten mit ihren Gattinnen. Bald darauf … doch hier hüllen sich die Ereignisse wieder in Nebel, und es ist unbekannt, was weiter geschah.

III

In dieser Welt kommen die unsinnigsten Dinge vor, zuweilen solche, die ganz unwahrscheinlich sind: dieselbe Nase, die als Staatsrat spazieren gefahren war und in der Stadt solches Aufsehen erregt hatte, befand sich plötzlich wieder, als ob nichts geschehen wäre, auf ihrem Platz, das heißt zwischen den beiden Wangen des Majors Kowaljow. Das war schon am 7. April eingetreten. Als der Major erwachte und in den Spiegel sah, erblickte er seine Nase! Er befühlte sie mir seiner Hand – es war wirklich die Nase! »Aha!«, sagte Kowaljow und wollte schon vor Freude barfuß durchs ganze Zimmer tanzen, als Iwan eintrat und ihn daran hinderte. Er ließ sich sofort das Waschwasser bringen und schaute beim Waschen wieder in den Spiegel – die Nase war da! Als er sich abtrocknete, sah er noch einmal in den Spiegel: die Nase war da!

»Schau mal her, Iwan, ich glaube, da sitzt ein Pickelchen auf der Nase!«, sagte er und dachte bei sich: ›Was, wenn Iwan mir sagt: Nein, Herr, es ist kein Pickelchen und auch keine Nase da!‹

Iwan sagte aber: »Es ist kein Pickelchen da: die Nase ist ganz rein!«

›Wie schön, hol mich der Teufel!‹, dachte der Major und schnippte mit den Fingern. In diesem Moment linste der Barbier Iwan Jakowlewitsch ins Zimmer, aber so scheu wie eine Katze, die eben wegen Entwendung eines Stücks Speck bestraft wurde.

»Sag's nur gleich: sind deine Hände sauber?«, rief ihm Kowaljow schon von weitem entgegen.

»Ja, das sind sie.«

»Du lügst!«

»Bei Gott, sie sind sauber, Herr!«

»Also, sei vorsichtig!«

Kowaljow setzte sich. Iwan Jakowlewitsch band ihm eine Serviette um und verwandelte in einem Augenblick sein ganzes Kinn mittels des Pinsels in eine Cremetorte, wie man sie bei Namenstagsfeiern in Kaufmannshäusern aufträgt.

›Ja, schau mal einer an!‹, sagte Iwan Jakowlewitsch zu sich selbst, während er die Nase beäugte; dann beugte er seinen Kopf vor und begutachtete die Nase von der Seite. ›Schau mal an! Wenn man es sich überlegt‹, fuhr er in Gedanken fort und betrachtete die Nase ausführlich. Endlich hob er langsam und mit größter Vorsicht zwei Finger, um die Nasenspitze festzuhalten. Iwan Jakowlewitsch ging immer nach diesem System vor.

»Na, na, pass auf!«, rief Kowaljow. Iwan Jakowlewitsch ließ die Hände sinken und wurde mutlos und verwirrt wie noch nie. Schließlich begann er, mit dem Rasiermesser ganz behutsam unter dem Kinn entlangzufahren, wie mühsam und beschwerlich es für ihn auch war, ohne Halt am Geruchsorgan zu rasieren; endlich überwand er doch alle Hindernisse, indem er seinen rauhen Daumen an der Wange und dem Unterkiefer abstützte, und rasierte den Major glücklich zu Ende.

Als alles fertig war, kleidete Kowaljow sich rasch an, mietete eine Droschke und fuhr zur nächsten Konditorei. Beim Eintreten rief er schon von weitem: »Kellner, eine Tasse Schokolade!« Dann eilte er zum Spiegel: die Nase war da! Er wandte sich fröhlich um und musterte mit ironischem Blick und blinzelndem Auge zwei Offiziere, von denen einer eine Nase kaum größer als einen Westenknopf hatte. Darauf begab er sich in die Kanzlei des Departements, in dem er sich um einen Vizegouverneursposten oder wenigstens um den eines Exekutors bewarb. Als er durch das Empfangszimmer ging, schaute er in den Spiegel – die Nase war da. Danach besuchte er einen anderen Kollegienassessor oder Major, einen großen Spötter, dem er einmal auf dessen boshafte Bemerkungen gesagt hatte: »Das weiß ich schon, dass du immer Gift verspritzt!« Unterwegs dachte er: Wälzt sich der Major, wenn er mich sieht, nicht vor Lachen, dann ist das der sichere Beweis dafür, dass sich alles richtig auf seinem Platz befindet. – Der Kollegienassessor verzog keine Miene. ›Wie schön, hol mich der Teufel!‹, sagte Kowaljow zu sich selbst. Unterwegs begegnete er der Frau Stabsoffizier Podtotschina nebst Tochter; er machte eine Verbeugung und wurde mit freudigen Ausrufen begrüßt; also war alles in bester Ordnung. Er unterhielt sich sehr lange mit ihnen, nahm sogar seine Tabaksdose aus der Tasche und stopfte sich absichtlich vor ihren Augen sehr ausführlich den Schnupftabak in die beiden Nasenlöcher, wobei er dachte: ›Da könnt ihr's sehen, ihr dummen Hennen! Die Tochter heirate ich trotzdem nicht. Einfach so, *par amour*, wenn's beliebt!‹ Von nun an zeigte sich der Major Kowaljow, als ob nichts vorgefallen wäre, auf dem Newski-Propekt, in den

Theatern und überall. Auch seine Nase saß, als wäre nichts vorgefallen, an ihrem Platz, und man konnte ihr nicht anmerken, dass sie sich je von ihm entfernt hatte. Man sah jetzt den Major Kowaljow stets in bester Laune; er lächelte, verfolgte alle hübschen Damen und blieb sogar einmal im Großen Kaufhaus stehen und kaufte sich ein Ordensband; wozu er es kaufte, blieb unbekannt, denn er hatte keinen Anspruch auf irgendeinen Orden.

So eine Geschichte hat sich in der nördlichen Residenzstadt unseres ausgedehnten Vaterlandes zugetragen! Wenn wir jetzt alle Umstände bedenken, sehen wir, dass vieles an ihr unwahrscheinlich ist. Ganz abgesehen davon, dass ein solch übernatürliches Verschwinden einer Nase und ihr Auftauchen an verschiedenen Orten in der Gestalt eines Staatsrats höchst sonderbar ist – wie konnte es Kowaljow nicht verstehen, dass man den Verlust einer Nase nicht gut durch eine Zeitungsexpedition annoncieren kann? Ich will damit nicht sagen, dass er für die Annonce zu teuer bezahlt hätte; das ist unwesentlich, und ich bin keineswegs so geizig; aber es ist unwürdig, ungehörig, unschön! Und dann: wie ist die Nase in das gebackene Brot geraten, und was hatte Iwan Jakowlewitsch damit zu tun? … Nein, ich verstehe es nicht, nicht im Geringsten. Was ich aber am allerwenigsten verstehe, ist, wie sich ein Autor ein solches Thema wählen kann. Ich finde es, offen gestanden, vollkommen unbegreiflich. Das ist geradezu … Nein, nein, ich kann es nicht verstehen! Erstens bringt es dem Vaterland nicht den geringsten Nutzen, zweitens … aber auch zweitens bringt es keinen Nutzen. Ich weiß einfach nicht, was das soll …

Und doch, wenn man das eine, das andere und das dritte zugeben kann, sogar dass … und wo gibt es keinen Unsinn? Wenn man es sich genau überlegt, so steckt doch etwas dahinter. Man mag sagen, was man will, solche Dinge kommen wirklich vor – zwar selten, aber sie kommen vor.

Das Porträt

I

Nirgends blieben so viele Menschen stehen wie vor dem kleinen Bilderladen im Schtschukinschen Kaufhaus. Dieser Laden barg in der Tat die bunteste Ansammlung von wunderlichen Dingen; die Bilder waren zum größten Teil mit Ölfarben gemalt, mit dunkelgrünem Firnis überzogen und steckten in dunkelgelben Rahmen aus unechtem Gold. Eine Winterlandschaft mit weißen Bäumen, ein knallroter Sonnenuntergang, der wie eine Feuersbrunst aussieht, ein flämischer Bauer mit einer Pfeife im Mund und einem gebrochenen Arm, mehr einem Truthahn in Manschetten als einem Menschen ähnlich – das ist der Inhalt der meisten Bilder. Zu erwähnen sind noch einige Porträtstiche: das Bildnis des Chosrew-Mirza in einer Lammfellmütze, die Bildnisse irgendwelcher Generäle mit schiefen Nasen in Dreimastern … Außerdem ist die Eingangstür eines solchen Ladens gewöhnlich mit bunten volkstümlichen Holzschnitten auf großen Bogen behängt, die von der ursprünglichen Begabung des Russen zeugen. Eines dieser Bilder stellt die Prinzessin Miliktrissa Kirbitjewna dar, ein anderes die Stadt Jerusalem, deren Häuser und Kirchen ganz ungeniert in rote Farbe getaucht wurden, welche auch einen Teil der Erde und zwei betende russische Bauern in Fausthandschuhen in Mitleidenschaft gezogen hat. Für all diese Kunstwerke gibt es nur wenig Käufer, dafür eine Menge Gaffer. Mit Sicherheit steht irgendein Nichtsnutz von einem Lakaien mit dem Henkelmann in der Hand davor und lässt seinen Herrn warten, der die Suppe aus dem Wirtshaus wohl nicht mehr sonderlich heiß wird löffeln müssen. Daneben steht mit ebensolcher Sicherheit ein Soldat im Mantel, ein Kavalier vom Trödelmarkt, der zwei Federmesser zu verkaufen hat, und auch eine Händlerin aus der Ochta-Vorstadt mit einer Schachtel voller Bastschuhe. Ein jeder ist auf seine Art entzückt; die Bauern tippen gewöhnlich mit den Fingern auf die Bilder; die Kavaliere betrachten sie mit ernster Miene; die jungen Lakaien und die Lehrlinge lachen und necken einander mit den dargestellten Karikaturen; die alten Lakaien in Friesmänteln sehen sich die Bilder nur an, weil sie doch irgendwie die Zeit totschlagen müssen; aber die Händlerinnen, die jungen russischen Weiber, eilen rein aus Instinkt her, um sich anzuhören, was sich das Volk erzählt, und um sich anzuschauen, was sich das Volk anschaut.

Um diese Zeit kam zufällig der junge Maler Tschartkow an dem Laden vorbei. Der alte Mantel und der gar nicht elegante Anzug ließen auf einen Menschen schließen, der alles für seine Kunst zum Opfer bringt und keine Zeit hat, sich um seine Toilette zu kümmern, die doch sonst für die Jugend einen geheimnisvollen Zauber besitzt. Er blieb vor dem Laden stehen und lachte erst innerlich über die hässlichen Bilder. Schließlich bemächtigte sich seiner ein unwillkürlicher Gedanke: er fragte sich, wer all diese Kunstwerke brauchte. Dass das russische Volk all diese Prinzen Jeruslan Lasarewitschs, die »Fresser« und »Säufer«, die »Fomas« und »Jeremas« bewunderte, erschien ihm gar nicht sonderbar: die dargestellten Gegenstände waren dem Volk zugänglich und verständlich: wo blieben aber die Käufer für die bunten, schmutzigen Ölbilder? Wer brauchte diese flämischen Bauern, diese roten und blauen Landschaften, die einigen Anspruch auf eine höhere Stufe der Kunst erheben, aber nur die tiefste Erniedrigung der Kunst spiegeln? Sie schienen durchaus nicht die Arbeiten eines kindlichen Autodidakten zu sein; sonst wäre in ihnen trotz der karikaturhaften Gefühllosigkeit des Ganzen ein starker innerer Drang zum Ausdruck gekommen. Aber man sah an ihnen nichts als Stumpfsinn und kraftlose, altersschwache Talentlosigkeit, die sich eigenmächtig neben die wahre Kunst gestellt hat, während ihr nur ein Platz unter den niedrigen Handwerken zukommt; eine Talentlosigkeit, die aber ihrem Beruf treu geblieben ist und in die Kunst selbst das Handwerksmäßige hineingebracht hat. Die gleichen Farben, die gleiche Manier, die gleiche routinierte Hand, die eher einem roh gebauten Automaten als einem Menschen anzugehören scheint!

Lange stand er vor diesen schmierigen Bildern, an die er zuletzt gar nicht mehr dachte, während der Besitzer des Ladens, ein farbloses Männchen im Friesmantel mit einem seit dem letzten Sonntag nicht mehr rasierten Kinn, seit geraumer Zeit auf ihn einredete, mit ihm feilschte und den Preis ausmachte, ohne sich erst erkundigt zu haben, was ihm gefiel und was er brauchte.

»Für diese Bäuerlein und für die kleine Landschaft verlange ich einen Fünfundzwanziger. Diese Malerei! Die blendet einfach den Blick! Die Bilder kommen direkt vom Künstlermarkt, der Lack ist noch nicht trocken. Oder dieser Winter hier, nehmen Sie doch den Winter! Fünfzehn Rubel! Was der Rahmen allein schon wert ist! Ist das ein prachtvoller Winter!« Der Händler schnippte mit den Fingern gegen die Leinwand, als wollte er auf diese Weise die Güte des Winters hervorheben. »Befehlen Sie, dass ich die Bilder einpacke und Ihnen nachschicke? Wo geruhen Sie zu wohnen? Heda, Junge, eine Schnur her!«

»Wart einmal, Bruder, nicht so schnell«, sagte der Maler, gleichsam zu sich kommend, als er sah, dass der flinke Händler die Bilder in allem Ernst einpackte. Er genierte sich ein wenig, nichts zu kaufen, nachdem er so lange im Laden gestanden hatte; darum sagte er: »Wart einmal, ich will nachsehen, ob sich nicht etwas für mich findet!« Er bückte sich und fing an, die auf dem Boden aufgehäuften abgeriebenen und verstaubten alten Bilder aufzuheben, die hier offenbar nicht den geringsten Respekt genossen. Es waren alte Familienporträts von Menschen, deren Nachkommen sich wohl auf der ganzen Welt nicht mehr finden ließen; völlig unkenntliche Darstellungen auf zerrissener Leinwand; Rahmen, von denen die Vergoldung abgefallen war; mit einem Wort allerlei altes Gerümpel. Aber der Maler sah sich die Sachen dennoch an, denn er dachte insgeheim: »Vielleicht lässt sich doch etwas finden.« Er hatte mehr als einmal gehört, wie man bei solchen kleinen Händlern zuweilen Bilder großer Meister entdeckte.

Als der Ladenbesitzer sah, für welche Dinge der Kunde sich interessierte, nahm er wieder seine gewöhnliche Haltung an, stellte sich würdevoll vor die Ladentür und begann die Vorübergehenden in sein Geschäft zu locken, indem er mit der einen Hand ins Innere des Ladens wies: »Hierher, Väterchen! Hier sind Bilder! Treten Sie nur ein! Sind soeben vom Markt gekommen.« Er hatte sich schon fast heiser geschrien, zum größten Teil fruchtlos; er hatte sich auch zur Genüge mit dem gegenüber der Tür seines Ladens stehenden Lumpenhändler unterhalten, als er sich plötzlich erinnerte, dass er in seinem Laden noch einen Kunden hatte; da wandte er dem Publikum den Rücken zu und begab sich wieder hinein. »Nun, Väterchen, haben Sie sich schon etwas ausgesucht?« Der Maler stand aber schon seit geraumer Zeit regungslos vor einem Bildnis in einem mächtigen, einst wohl prunkvollen Rahmen, auf dem hier und da noch Reste der Vergoldung glänzten.

Das Porträt stellte einen alten Mann mit bronzefarbenem, welkem, breitknochigem Gesicht dar; die Züge schienen im Augenblick einer krampfartigen Bewegung erfasst zu sein und zeugten von einem gar nicht nordischen Temperament: der glühende Süden spiegelte sich in ihnen. Der Alte war in ein weites asiatisches Gewand gehüllt. Wie beschädigt und verstaubt das Porträt auch war, erkannte Tschartkow, sobald er das Gesicht vom Staub gereinigt hatte, die Spuren der Arbeit eines großen Künstlers. Das Porträt schien zwar unvollendet, aber dennoch war die Kraft des Pinselstrichs erstaunlich. Am ungewöhnlichsten waren die Augen; der Künstler schien auf sie die ganze Kraft seines Pinsels und seine ganze Sorgfalt verwendet zu haben. Die Augen sahen einen buchstäblich an, sie schauten sogar aus der Leinwand heraus und durchbrachen durch ihre ungewöhnliche Lebendigkeit die Harmonie des ganzen Bildes. Als er das Porträt zur Tür brachte, wirkte der Blick der Augen noch durchdringender. Fast den gleichen Eindruck machten sie auf das draußen stehende Volk. Eine Frau, die hinter ihm stehengeblieben war, rief: »Er schaut, er schaut!«, und wich zurück. Auch Tschartkow selbst hatte eine unangenehme, ihm selbst unverständliche Empfindung und stellte das Bild auf den Boden.

»Nun, nehmen Sie doch das Porträt!«, sagte der Händler.

»Was soll es kosten?«, fragte der Künstler.

»Was soll ich dafür viel verlangen? Geben Sie mir drei Viertelrubel dafür!«

»Nein.«

»Was geben Sie denn?«

»Zwanzig Kopeken«, sagte der Künstler und schickte sich an zu gehen.

»Was Sie mir für einen Preis bieten! Für zwanzig Kopeken werden Sie nicht einmal den Rahmen bekommen! Sie haben wohl die Absicht, es morgen zu kaufen? Herr, Herr, kommen Sie zurück! Schlagen Sie wenigstens zehn Kopeken auf! Nun, nehmen Sie es, nehmen Sie es, geben Sie die zwanzig Kopeken her. Ich gebe es nur, um den Anfang zu machen, nur weil Sie heute der erste Käufer sind.« Darauf machte er eine Handbewegung, die zu sagen schien: »Fort mit Schaden!«

So hatte Tschartkow ganz unerwartet das alte Porträt gekauft; dabei dachte er sich: »Wozu habe ich es gekauft? Was brauche ich es?« Es war aber nichts mehr zu machen.

Er holte aus der Tasche ein Zwanzigkopekenstück, gab es dem Händler, nahm das Porträt unter den Arm und schleppte es mit sich fort. Unterwegs erinnerte er sich, dass das Zwanzigkopekenstück, das er hergegeben hatte, sein letztes gewesen war. Seine Gedanken verdüsterten sich plötzlich. »Hol's der Teufel! Ekelhaft ist es auf dieser Welt!«, sagte er sich mit dem Gefühl eines Russen, bei dem es nicht zum Besten steht. Und er eilte fast mechanisch mit schnellen Schritten, gleichgültig gegen alles auf der Welt. Der halbe Himmel war noch vom roten Licht des Abendrots umfangen, die nach Westen schauenden Häuser waren noch schwach von seinem warmen Licht übergossen, aber das kalte, bläuliche Licht des Mondes schien immer heller. Halb durchsichtige, leichte Schatten, die von den Häusern und den Menschenbeinen geworfen wurden, legten sich wie Schweife auf den Boden. Der Maler fing schon an, den Himmel zu bewundern, der von einem eigentümlichen, schattenlosen, feinen, ungewissen Licht übergossen war, und seinen Lippen entfuhren fast gleichzeitig die Worte: »Was für ein zarter Ton!«, und: »Es ist ärgerlich, hol's der Teufel!« Er rückte das Bild, das unter seinem Arm rutschte, zurecht und beschleunigte die Schritte.

Müde und schweißbedeckt erreichte er seine Behausung in der fünfzehnten Linie der Wassiljewskij-Insel. Mit Mühe und schwer atmend stieg er die mit Schmutzwasser übergossene und mit Spuren von Hunden und Katzen verzierte Treppe hinauf. Auf sein Klopfen bekam er keine Antwort: sein Diener war nicht zu Hause. Er lehnte sich ans Fenster und wartete geduldig, bis hinter ihm endlich die Schritte seines Burschen ertönten, der einen blauen Kittel trug – es war sein Diener, Modell, Farbenreiber und Bodenkehrer, der freilich die Böden, nachdem er sie gekehrt hatte, mit seinen Stiefeln gleich wieder schmutzig machte. Der Bursche hieß Nikita und pflegte die ganze Zeit, in der sein Herr nicht zu Hause war, vor dem Tor zu verbringen. Nikita gab sich lange Zeit Mühe, den Schlüssel im Schlüsselloch unterzubringen, das infolge der Dunkelheit unsichtbar war. Endlich war die Tür geöffnet. Tschartkow betrat sein Vorzimmer, in dem es unerträglich kalt war, wie es bei allen Malern zu sein pflegt, was sie übrigens nicht merken. Ohne Nikita seinen Mantel zu geben, trat er in sein Atelier, ein quadratisches, großes, doch niedriges Zimmer mit überfrorenen Fensterscheiben, das mit allerlei künstlerischem Gerümpel angefüllt war: Stücken von Gipsarmen, mit Leinwand bespannten Rahmen, angefangenen und aufgegebenen Skizzen und einer über die Stühle geworfenen Draperie. Er war sehr müde; er legte den Mantel ab, stellte das mitgebrachte Porträt zwischen zwei kleine Bilder und warf sich auf das schmale Sofa, von dem man nicht sagen konnte, dass es mit Leder bezogen war; die Reihe der Messingnägel, die einst das Leder festgehalten hatten, prangten schon längst für sich allein, während das Leder gleichfalls ganz für sich blieb, so dass Nikita darunter die schmutzigen Stümpfe, Hemden und die ganze schmutzige Wäsche zu verwahren pflegte. Nachdem Tschartkow eine Weile gesessen und gelegen hatte, soweit es das schmale Sofa überhaupt erlaubte, verlangte er schließlich nach einer Kerze.

»Es ist keine Kerze da«, sagte Nikita.

»Wieso ist keine da?«

»Es war ja auch gestern keine da«, sagte Nikita. Der Maler erinnerte sich, dass es gestern tatsächlich keine Kerze gegeben hatte; er beruhigte sich und verstummte. Dann ließ er sich entkleiden und zog seinen stark abgetragenen Schlafrock an.

»Ja, noch etwas, der Hauswirt ist dagewesen«, sagte Nikita.

»So, der wollte wohl das Geld holen? Ich weiß schon«, entgegnete der Maler und machte eine wegwerfende Handbewegung.

»Er ist aber nicht allein dagewesen«, sagte Nikita.

»Mit wem denn?«

»Ich weiß nicht, mit wem … Mit irgendeinem Revieraufseher.«

»Was wollte denn der Revieraufseher?«

»Ich weiß nicht, was er wollte; er sagte, die Miete sei noch immer nicht bezahlt.«

»Was soll denn daraus werden?«

»Ich weiß nicht, was daraus werden soll; er sagte: ›Wenn er nicht zahlen will, so soll er ausziehen.‹ Sie wollten beide morgen wiederkommen.«

»Sollen sie nur kommen«, sagte Tschartkow mit trauriger Gleichgültigkeit, und die trübe Stimmung bemächtigte sich seiner nun gänzlich.

Der junge Tschartkow war ein Maler mit vielversprechendem Talent: sein Pinsel zeigte zuweilen blitzartig eine feine Beobachtungsgabe, Intelligenz und einen starken Drang, der Natur nahezukommen. »Pass auf, Bruder«, hatte ihm sein Professor mehr als einmal gesagt: »Du hast Talent, und es wäre eine Sünde, wenn du es zugrunde richtest; dir fehlt aber Geduld; wenn dich etwas anzieht, wenn dir irgendetwas gefällt, so bist du davon ganz hingerissen, und alles andere ist für dich Schund, alles andere ist dir nichts wert, und du willst es nicht mehr anschauen. Pass auf, dass aus dir kein modischer Maler wird: deine Farben sind schon jezt schreiend, deine Zeichnung ist nicht streng genug und zuweilen sogar ganz schwach, die Linie ist nicht zu sehen; du jagst der neumodischen Beleuchtung nach, Effekten, die zuallererst in die Augen springen – pass auf, dass du nicht in die englische Manier verfällst. Nimm dich in acht: die große Welt zieht dich schon jetzt an; ich sehe dich oft ein elegantes Halstuch tragen oder auch einen glänzenden Hut … Es ist allerdings verlockend, man kann sich leicht herablassen, modische Bildchen und Porträts des Geldes wegen zu malen; dabei geht aber das Talent zugrunde, statt sich zu entfalten. Habe Geduld! Überlege dir jede Arbeit; gib die Eleganz auf – sollen nur die anderen Geld verdienen, deine Zukunft wird dir nicht entgehen!«

Der Professor hatte zum Teil recht. Unser Maler spürte zuweilen wirklich das Verlangen, ein wenig über die Stränge zu schlagen und elegant aufzutreten, mit einem Wort hie und da seine Jugend zu zeigen; dabei hatte er sich aber doch in der Gewalt. Zuweilen war er im Stande, hatte er einmal den Pinsel ergriffen, alles Übrige zu vergessen, und er konnte sich dann von der Arbeit nur wie von einem schönen, unterbrochenen Traum losreißen. Sein Geschmack entwickelte sich zusehends. Er hatte noch kein Verständnis für die ganze Tiefe eines Raffael, begeisterte sich aber schon für den schnellen, breiten Pinselstrich eines Guido Reni, blieb zuweilen vor den Bildnissen Tizians stehen und bewunderte die Flamen. Das Dunkel, das die alten Bilder hüllt, hatte sich vor ihm noch nicht ganz gelichtet; aber er ahnte schon etwas in diesen Bildern, obwohl er innerlich seinem Professor nicht zustimmen konnte, dass die alten Meister so unerreichbar hoch über uns stünden: er glaubte sogar, das neunzehnte Jahrhundert hätte sie in manchen Dingen erheblich überholt; die Nachahmung der Natur sei in der letzten Zeit farbiger, lebhafter und getreuer geworden; kurzum, er urteilte so, wie die Jugend zu urteilen pflegt, die schon etwas erfasst hat und sich dessen mit Stolz bewusst ist. Zuweilen ärgerte er sich, wenn er sah, wie irgendein zugereister Maler, ein Franzose oder Deutscher, mitunter nicht einmal ein Künstler aus innerer Berufung, nur durch seine flotte Manier, die geschickte Pinselführung und die Leuchtkraft der Farben allgemeines Aufsehen erregte und in einem Augenblick ein ganzes Vermögen verdiente. Solche Gedanken kamen ihm aber nicht in den Sinn, wenn er, ganz von seiner Arbeit hingerissen, Speise und Trank und die ganze Welt vergaß, sondern nur, wenn die Not an ihn herantrat, wenn er kein Geld hatte, um sich Pinsel und

Farben zu kaufen, und wenn der zudringliche Hauswirt zehnmal am Tag kam, um das Geld für die Wohnung einzutreiben. In solchen Augenblicken beschäftigte sich seine hungrige Phantasie mit dem beneidenswerten Los eines reichen Malers; dann kam ihm sogar der Gedanke, der so oft einen russischen Kopf zu durchzucken pflegt: alles hinzuschmeißen und sich vor Kummer und Trotz ganz dem Trunk zu ergeben.

»Ja, hab Geduld, hab Geduld!«, sagte er verärgert. »Auch die Geduld hat einmal ein Ende. Hab Geduld! Womit soll ich aber morgen mein Essen bezahlen? Niemand wird mir doch etwas borgen. Und wenn ich meine Bilder und Zeichnungen verkaufe, so wird man mir für alles zwanzig Kopeken geben. Dennoch habe ich von all diesen Arbeiten einen Nutzen gehabt: keine von ihnen ist umsonst unternommen worden, bei jeder habe ich doch auch etwas gelernt. Aber was habe ich jetzt davon? Es sind nur Studien und Versuche, und es werden immer nur Studien und Versuche bleiben. Wer wird sie kaufen, solange mein Name unbekannt ist? Wer braucht auch die Zeichnungen nach der Antike, die Aktstudien oder meine unvollendete liebe ›Psyche‹ oder die perspektivische Ansicht meines Zimmers oder das Porträt meines Nikita, obwohl es unvergleichlich viel besser ist als die Porträts irgendeines modischen Malers? Was soll also das Ganze? Warum quäle ich mich und mühe mich wie ein Schüler mit dem ABC ab, während ich wohl im Stande bin, mich wie mancher andere hervorzutun und Geld zu verdienen?«

Kaum hatte der Maler diese Worte gesprochen, erzitterte und erbleichte er plötzlich: hinter einem der Bilderrahmen starrte ihn ein krampfhaft verzerrtes Gesicht an: zwei schreckliche Augen bohrten sich in ihn, als wollten sie ihn verschlingen; auf dem Mund stand der schreckliche Befehl geschrieben, zu schweigen. Er wollte vor Entsetzen aufschreien und Nikita rufen, der im Vorzimmer bereits ein lautes Schnarchen ertönen ließ, hielt aber plötzlich inne und begann zu lachen: die Angst war im Nu gewichen; es war das neuangeschaffte Porträt, das er inzwischen schon vergessen hatte. Das Mondlicht, das ins Zimmer drang, fiel auf das Bild und verlieh ihm eine seltsame Lebendigkeit. Er betrachtete das Bild und fing an, es zu reinigen. Er tauchte einen Schwamm ins Wasser, fuhr damit einige Mal über die Leinwand, wusch den Staub und den Schmutz ab, die sich auf dem Bild festgesetzt hatten, hängte es vor sich an die Wand und musste sich noch mehr über die ungewöhnliche Arbeit wundern: das ganze Gesicht war fast lebendig, und die Augen blickten ihn so durchdringend an, dass er zuletzt zusammenfuhr, zurückwich und erstaunt ausrief: »Er schaut, er schaut mit Menschenaugen!« Plötzlich fiel ihm eine Geschichte ein, die er einmal vor langer Zeit von seinem Professor gehört hatte, die Geschichte von einem Porträt des berühmten Leonardo da Vinci, an dem der große Meister mehrere Jahre gearbeitet hatte und das er immer noch für unvollendet hielt, während es die anderen, nach dem Berichte Vasaris, für das vollkommenste und vollendetste hielten. Am vollendetsten waren darin die Augen, über die die Zeitgenossen staunten: selbst die allerkleinsten, kaum sichtbaren Äderchen waren nicht vernachlässigt und auf die Leinwand gebannt. Aber in diesem Porträt, das jetzt vor ihm stand, war etwas Ungewöhnliches. Das war schon keine Kunst mehr, das zerstörte sogar die Harmonie des Bildes selbst; es waren lebendige, es waren menschliche Augen! Sie schienen aus dem Gesicht eines lebendigen Menschen herausgeschnitten und in das Bild eingesetzt zu sein. Hier fehlte jener hohe Genuss, der die Seele beim Anblick eines wahren Kunstwerkes erfasst, wie schrecklich auch der dargestellte Gegenstand sein mag; hier empfand man ein krankhaftes, peinigendes Gefühl. »Was ist das?«, fragte sich unwillkürlich der Künstler: »Es ist immerhin die Natur, die lebendige Natur; woher kommt dann dieses sonderbare, unangenehme Gefühl? Oder ist die sklavische, genaue Nachahmung der Natur schon ein Vergehen und erscheint als ein gellender, unharmonischer Aufschrei? Oder wirkt der Gegenstand, wenn man ihn ohne Teilnahme und Sympathie, ganz gefühllos erfasst, immer nur als erschreckende Wirklichkeit, ohne von der unfassbaren Idee, die allen Dingen innewohnt, durchleuchtet zu sein – wirkt als jene Wirklichkeit, die man vor sich hat, wenn man, um einen schönen Menschen zu erfassen, nach dem Messer des Anatomen greift, sein Inneres bloßlegt und einen abstoßenden Menschen erblickt? Warum erscheint die einfache, gemeine Natur bei dem einen Maler so erleuchtet, dass man durchaus keinen gemeinen Eindruck hat; im Gegenteil, man glaubt sogar einen Genuss zu haben und nachher alle Dinge um sich ruhiger und gleichmäßiger dahinfließen zu sehen? Und warum erscheint die gleiche Natur bei einem anderen Maler so gemein und schmutzig, obwohl er ihr ebenso treu ist wie der andere? Aber nein, nein, nein, es ist nichts Erleuchtendes in ihr. Es ist ganz wie eine Landschaft in der Natur: sie mag noch so großartig sein, aber es fehlt ihr immer etwas, wenn keine Sonne am Himmel steht.«

Er näherte sich wieder dem Porträt, um diese wunderlichen Augen genauer zu betrachten, und merkte mit Schrecken, dass sie ihn wirklich ansahen. Es war keine Kopie der Natur mehr; es war jene seltsame Lebendigkeit, von der das Gesicht eines aus dem Grab auferstandenen Toten erfüllt sein mag. War es das Mondlicht, das Träume mit sich bringt und alles in eine Gestalt kleidet, die dem Erleben des positiven Tages entgegengesetzt ist, oder hatte es einen anderen Grund – jedenfalls, er wusste selbst nicht warum, war es ihm plötzlich ein Grauen, allein im Zimmer zu sitzen. Er trat still vom Porträt weg, wandte sich um und bemühte sich, es nicht mehr anzusehen, aber seine Augen schielten immer wieder zwanghaft hin. Zuletzt war es ihm sogar unheimlich, im Zimmer auf und ab zu gehen:

es schien ihm, dass gleich jemand anderes anfangen würde, hinter ihm auf und ab zu gehen, und er sah sich jedesmal ängstlich um. Er war niemals feige gewesen; aber seine Phantasie und seine Nerven waren sehr empfindlich, und an diesem Abend hätte er sich seine reflexhafte Angst selber nicht erklären können. Er setzte sich in einen Winkel, aber auch hier war es ihm, als würde ihm sogleich jemand über seine Schulter ins Gesicht starren. Auch das Schnarchen Nikitas, das aus dem Vorzimmer herüberklang, vermochte seine Angst nicht zu verscheuchen. Schließlich erhob er sich ängstlich von seinem Platz mit gesenktem Blick, ging hinter den Wandschirm und legte sich aufs Bett. Durch die Ritzen des Wandschirms sah er sein vom Mondlicht erleuchtetes Zimmer und das direkt vor ihm hängende Porträt. Die Augen bohrten sich noch schrecklicher, noch bedeutungsvoller in ihn und schienen nur ihn allein anschauen zu wollen. Von einem beklemmenden Gefühl erdrückt, entschloss er sich, vom Bett aufzustehen, ergriff ein Laken und hüllte das Porträt ganz ein.

Danach legte er sich etwas beruhigter ins Bett und begann über die Armut und das elende Los des Künstlers nachzudenken und über den dornenvollen Pfad, der ihm in diesem Leben bevorstand; indessen blickten aber seine Augen unwillkürlich durch die Ritze im Wandschirm auf das verhüllte Porträt. Das Mondlicht ließ die Leinwand noch weißer erscheinen, und es war ihm, als fingen die schrecklichen Augen an, durch das Laken hindurchzuleuchten. Entsetzt blickte er zu ihnen hin, als wollte er sich überzeugen, dass es nur Einbildung war. Aber in der Tat … er sieht, er sieht es klar: das Laken ist nicht mehr da … das Porträt ist ganz aufgedeckt und schaut an allem vorbei direkt auf ihn, blickt in sein Inneres … Es wurde ihm kalt ums Herz. Und er sieht: der Alte rührt sich und stützt sich mit beiden Händen gegen den Rahmen, streckt beide Beine heraus und springt aus dem Bild … Durch die Ritze im Wandschirm ist nur noch der leere Rahmen zu sehen. Im Zimmer tönen Schritte, die immer näher und näher an den Wandschirm kommen! Dem armen Maler klopft furchtbar das Herz. Mit vor Angst verhaltenem Atem erwartet er, dass der Alte gleich zu ihm hinter dem Wandschirm hereinblicken wird. Da lugt er auch schon wirklich hinter dem Wandschirm hervor, es ist das gleiche bronzefarbene Gesicht mit den großen Augen. Tschartkow versuchte aufzuschreien, fühlte aber, dass er keine Stimme hatte, er versuchte sich zu rühren, irgendeine Bewegung zu machen, aber seine Glieder wollten sich nicht regen. Mit offenem Mund und stockendem Atem blickte er auf das seltsame lange Phantom in dem weiten asiatischen Kaftan und wartete, was es wohl anfangen würde. Der Alte setzte sich fast zu seinen Füßen hin und holte dann etwas aus den Falten seines weiten Gewands. Es war ein Sack. Der Greis band ihn auf, ergriff die beiden Zipfel und schüttelte ihn: mit dumpfem Klirren fielen schwere lange Rollen auf den Boden; eine jede war in blaues Papier gewickelt und mit der Inschrift »1000 Dukaten« versehen. Der Alte streckte seine langen knochigen Hände aus den weiten Ärmeln heraus und fing an, die Rollen auszuwickeln. Das Gold blitzte auf. So groß auch die Beklemmung und die ohnmächtige Angst des Malers waren, richtete er doch seine Blicke auf das Gold und beobachtete regungslos, wie es von den knochigen Händen ausgewickelt wurde, wie es leuchtete, fein und dumpf klirrte und dann wieder ins Papier eingerollt wurde. Da bemerkte er eine Rolle, die weiter als die anderen bis dicht an das Bettbein an seinem Kopfende gerollt war. Fast krampfhaft griff er danach und schaute zugleich voller Angst, ob der Alte es nicht bemerkt hatte. Der Alte schien aber sehr beschäftigt; er packte alle seine Rollen zusammen, tat sie wieder in den Sack und ging, ohne Tschartkow anzublicken, hinter den Wandschirm. Tschartkows Herz klopfte heftig, als er hörte, wie sich die schlurfenden Schritte durch das Zimmer entfernten. Er drückte, am ganzen Leibe zitternd, die Rolle in der Hand fest zusammen und hörte plötzlich, wie die Schritte sich wieder dem Wandschirm näherten: Der Alte hatte offenbar bemerkt, dass ihm eine der Rollen fehlte. Da blickte er wieder zu ihm hinter dem Schirm. Der Maler drückte seine Rolle voller Verzweiflung mit aller Kraft zusammen, machte eine ruckartige Bewegung, schrie auf – und erwachte.

Er war in kalten Schweiß gebadet; sein Herz schlug so heftig, wie es überhaupt schlagen konnte; seine Brust war beengt, als ob ihr der letzte Atemzug entweichen wollte. »War es denn nur ein Traum?«, fragte er sich, indem er sich mit beiden Händen an den Kopf fasste. Aber die entsetzliche Lebendigkeit der Erscheinung hatte so gar nichts von einem Traum. Er sah, schon in wachem Zustand, wie der Alte in seinen Rahmen zurückkehrte, er sah sogar den Saum seines weiten Gewandes vorbeihuschen, und seine Hand fühlte ganz deutlich, dass sie vor einem Augenblick etwas Schweres gehalten hatte. Das Mondlicht durchflutete sein Zimmer und ließ in dessen dunklen Ecken hier eine Leinwand, dort einen Gipsarm und die auf einem Stuhl zurückgelassene Draperie, hier eine Hose und dort ein Paar ungeputzte Stiefel erkennen. Nun merkte er erst, dass er nicht mehr im Bett lag, sondern auf seinen Beinen dicht vor dem Porträt stand. Wie er dort hingeraten war, konnte er selbst nicht begreifen. Noch mehr wunderte er sich darüber, dass das Porträt ganz aufgedeckt war und dass das Laken wirklich fehlte. Regungslos vor Entsetzen blickte er das Bild an und sah, wie die lebendigen menschlichen Augen ihn anstarrten. Kalter Schweiß trat ihm ins Gesicht; er wollte vom Bild weggehen, fühlte aber, dass seine Füße wie angewurzelt waren. Und da sieht er – es ist kein Traum mehr – er sieht, wie die Züge des Alten zucken, wie seine Lippen sich ihm entgegenspitzen, als wollten sie ihn aussaugen … mit einem Schrei der Verzweiflung prallte er zurück – und erwachte.

»War denn auch das ein Traum?« Sein Herz klopfte so, als wollte es zerreißen, und er tastete mit den Händen um sich. Ja, er liegt im Bett, in der gleichen Lage, in der er eingeschlafen war. Vor ihm ist der Wandschirm; das Mondlicht füllt das Zimmer. Durch die Ritze im Wandschirm sieht er das Bild, es ist ordentlich in das Laken gehüllt, so wie er es selbst eingeschlagen hat. Es war also doch ein Traum! Aber seine zusammengeballte Hand hat noch immer das Gefühl, als halte sie etwas. Das Herz klopft ihm heftig, beinahe entsetzlich; die Last auf der Brust ist unerträglich. Er heftet seine Augen auf die Ritze und starrt unverwandt auf das Laken. Da sieht er ganz deutlich, wie das Laken langsam aufgeht, als versuchten zwei Hände dahinter, es abzuwerfen. »Mein Gott, mein Gott, was ist das?«, schrie er auf; er bekreuzigte sich voller Verzweiflung – und erwachte.

Auch das war ein Traum! Er sprang halb wahnsinnig, fast bewusstlos aus dem Bett und konnte sich unmöglich erklären, was mit ihm vorging: war es ein Albdruck, ein Hausgeist, ein Fieberwahn oder eine lebendige Erscheinung. Indem er sich bemühte, seine Aufregung und seine gespannten Pulse, die er in allen Adern fühlte, ein wenig zu stillen, trat er ans Fenster und öffnete eine Luke. Der kalte Wind, der hereinwehte, brachte ihn wieder zur Besinnung. Das Mondlicht lag noch immer auf den Dächern und auf den weißen Hausmauern, obwohl kleine Wolken immer öfter über den Himmel zogen. Alles war still; nur ab und zu wurde das Rasseln einer fernen Droschke hörbar, deren Kutscher in einer Nebengasse, in Erwartung eines verspäteten Fahrgasts, von seiner faulen Mähre in den Schlaf gewiegt, auf dem Bock döste. Lange blickte er hinaus, den Kopf aus dem Fenster gesteckt. Am Himmel zeigten sich schon die ersten Spuren des nahenden Morgenrots; schließlich fühlte er Müdigkeit, schlug das Fenster zu, ging zum Bett, legte sich hin und fiel bald in einen tiefen Schlaf.

Er erwachte sehr spät mit dem beklommenen Gefühl, das sich des Menschen nach einem Aufenthalt in einem kohlendunstigen Raum bemächtigt; sein Kopf schmerzte in einer unangenehmen Weise. Im Zimmer war es trübe, eine abscheuliche Feuchtigkeit erfüllte die Luft und drang durch die Ritzen der mit Bildern und grundierter Leinwand verstellten Fenster ins Zimmer. Verdrießlich, unzufrieden wie ein begossener Hahn, setzte er sich auf sein zerschlissenes Sofa und wusste nicht, was er anfangen, was er unternehmen sollte; plötzlich erinnerte er sich seines Traums. In dem Maße, wie er sich auf alles besann, erschien ihm der Traum so bedrückend, dass ihm sogar ein Zweifel kam, ob es wirklich nur ein Traum und ein gewöhnliches Fieberdelirium gewesen war, ob er nicht eine Vision gehabt hatte. Er riss das Laken herunter und sah sich das seltsame Porträt bei Tageslicht an. Die Augen waren tatsächlich von einer ungewöhnlichen Lebendigkeit, doch er konnte an ihnen nichts sonderlich Schreckliches finden; aber ein unerklärlicher Widerwille blieb dennoch in seiner Seele. Bei alldem konnte er sich doch nicht ganz davon überzeugen, dass es nur ein Traum gewesen war. Es schien ihm, als ob dem Traum auch ein seltsamer Fetzen der Wirklichkeit angehangen hatte. Selbst der Blick und der Gesichtsausdruck des Alten schienen zu sagen, dass er ihn in der letzten Nacht besucht hatte; seine Hand fühlte noch immer die Schwere eines Gegenstands, den sie erst eben gehalten und den ihr jemand vor einem Augenblick entrissen hatte. Er hatte den Eindruck, dass, wenn er die Rolle nur fester gehalten hätte, sie auch nach dem Erwachen noch in seiner Hand geblieben wäre.

»Mein Gott, wenn ich doch nur einen Teil dieses Geldes haben könnte!«, sagte er mit einem schweren Seufzer. In seiner Phantasie fielen all die Rollen mit der verlockenden Inschrift »1000 Dukaten« wieder aus dem Sack. Die Papierhüllen öffneten sich, das Gold blitzte auf und wurde wieder eingerollt – er aber saß da, starrte regungslos und sinnlos in die leere Luft, außerstande, sich von diesem Bild loszureißen, wie ein Kind, das vor einer süßen Speise sitzt und zusieht, wie die anderen sie verzehren, während ihm das Wasser im Munde zusammenläuft.

Plötzlich klopfte es an die Tür, und dieses Klopfen weckte Tschartkow auf höchst unwillkommene Weise. Der Hauswirt trat in Begleitung des Revieraufsehers ein, dessen Erscheinen für die kleinen Leute bekanntlich noch peinlicher ist als das Gesicht eines Bittstellers für den Reichen. Der Besitzer des kleinen Hauses, in dem Tschartkow wohnte, war eines der Geschöpfe, wie sie die Hausbesitzer irgendwo in der fünfzehnten Linie der Wassiljewskij-Insel, auf der Petersburger Seite oder in einem entlegenen Winkel der Kolomna-Vorstadt immer zu sein pflegen, ein Geschöpf, wie es ihrer in Russland viele gibt und deren Charakter sich ebenso schwer bestimmen lässt wie die Farbe eines abgetragenen Rocks. In seiner Jugend war er Hauptmann und ein großer Schreihals gewesen, wurde auch im Zivildienst eingesetzt, verstand sich meisterhaft aufs Prügeln, war rührig, geckenhaft und dumm; aber im Alter vereinigten sich alle diese scharf ausgeprägten Eigenschaften zu einem trüben und ungewissen Gemisch. Er war schon verwitwet und außer Dienst, trug sich nicht mehr elegant, prahlte nicht, war nicht mehr so rauflustig und liebte nur noch, Tee zu trinken und dabei allerlei Unsinn zu schwatzen; er ging in seinem Zimmer auf und ab und putzte den Talglichtstummel; am Ende eines jeden Monats besuchte er pünktlich seine Mieter und mahnte den Zins; oft trat er mit dem Schlüssel in der Hand auf die Straße, um sich das Dach seines Hauses anzusehen; er jagte einige Mal am Tag den Hausknecht aus der Kammer, in die sich jener zum Schlafen verkroch; mit einem Wort, er war ein Mann außer Dienst, dem nach dem ganzen zügellosen Leben und den langen Fahrten in der rüttelnden

Postkutsche nur noch die gemeinsten Angewohnheiten geblieben waren.

»Belieben Sie selbst zu sehen, Waruch Kusmitsch«, sagte der Hauswirt zum Revieraufseher und spreizte ratlos die Hände: »Er zahlt die Miete nicht, er zahlt sie einfach nicht.«

»Was soll ich denn machen, wenn ich kein Geld habe! Warten Sie ein wenig, ich werde schon bezahlen.«

»Ich kann nicht warten, Väterchen«, sagte der Hauswirt erbost, die Hand mit dem Schlüssel schwingend. »Da wohnt bei mir der Oberstleutnant Potogonkin, seit sieben Jahren wohnt er schon bei mir; Anna Petrowna Buchmisterowa hat sich bei mir eine Wagenremise und einen Stall für zwei Pferde gemietet, drei leibeigene Diener hält sie bei sich – solche Leute habe ich bei mir wohnen! Offen gestanden ist es bei mir nicht üblich, dass die Mieter die Wohnung nicht bezahlen. Wollen Sie die Miete augenblicklich bezahlen oder die Wohnung räumen!«

»Ja, wenn Sie sich einmal verpflichtet haben, so belieben Sie zu zahlen«, sagte der Revieraufseher, indem er leicht den Kopf schüttelte und seinen Finger zwischen zwei Knöpfe seines Uniformrocks steckte.

»Aber womit soll ich bezahlen? Das ist die Frage. Ich habe jetzt keine Kopeke.«

»In diesem Fall entschädigen Sie doch Iwan Iwanowitsch mit den Erzeugnissen Ihres Berufs«, sagte der Revieraufseher. »Vielleicht erklärt er sich bereit, statt Geld Bilder zu nehmen.«

»Nein, Väterchen, für die Bilder danke ich. Wenn es noch wenigstens Bilder mit einem vornehmen Inhalt wären, die man an die Wand hängen könnte: zum Beispiel irgendein General mit einem Ordensstern an der Brust oder ein Porträt des Fürsten Kutusow; da hat er aber einen Bauern gemalt, einen ganz gewöhnlichen Bauern in einem Hemd, seinen Diener, der ihm die Farben reibt. Wie kommt das Schwein dazu, dass man es abkonterfeit! Ich werde ihm noch den Buckel vollhauen: er hat mir alle Nägel aus den Riegeln herausgezogen, der Halunke. Schauen Sie nur, was er für Gegenstände malt: sein eigenes Zimmer hat er gemalt. Wenn es wenigstens ein aufgeräumtes und sauberes Zimmer wäre; er hat es aber mit dem ganzen Dreck, der bei ihm herumliegt, dargestellt. Schauen Sie nur, wie er mir das Zimmer verdreckt hat; sehen Sie es sich nur an! Andere Mieter wohnen bei mir schon sieben Jahre, Oberstleutnants, Anna Petrowna Buchmisterowa … Nein, ich sage Ihnen, es gibt keinen ärgeren Mieter als so einen Kunstmaler: er lebt wie ein Schwein, dass Gott erbarm.«

Das alles musste der arme Maler geduldig anhören. Der Revieraufseher betrachtete indessen die Bilder und Studien und zeigte dabei, dass sein Herz doch lebendiger war als das des Hauswirts und dass ihm sogar künstlerische Interessen nicht ganz fremd waren.

»He«, sagte er, mit dem Finger auf eine Leinwand tippend, auf der ein weiblicher Akt dargestellt war: »Das Sujet ist recht pikant … Und warum hat dieser da einen schwarzen Fleck unter der Nase? Hat er eine Prise genommen?«

»Das ist ein Schatten«, antwortete Tschartkow mürrisch, ohne ihn anzublicken.

»Nun, den Schatten hätten Sie an eine andere Stelle setzen können, unter der Nase ist er viel zu sichtbar«, sagte der Revieraufseher. »Und wessen Porträt ist dieses da?«, fuhr er fort, auf das Porträt des Alten zugehend. »Der ist gar zu unheimlich! Ist er auch in Wirklichkeit so unheimlich? Mein Gott, er schaut einen ja wirklich an! Ein wahrer Gromoboj! Wen haben Sie da abkonterfeit?«

»Einen gewissen …«, sagte Tschartkow und kam nicht weiter: etwas krachte. Der Revieraufseher hatte wohl den Rahmen des Porträts infolge der rohen Konstruktion seiner Polizeihände zu kräftig angefasst; die Seitenleisten brachen ein; eine von ihnen fiel zu Boden, und gleichzeitig fiel mit schwerem Klirren eine in blaues Papier eingewickelte Rolle herab. Tschartkow sah die Inschrift: »1000 Dukaten«. Wie wahnsinnig stürzte er hin, packte die Rolle und drückte sie krampfhaft mit der Hand zusammen, die von der schweren Last nach unten sank.

»Hat nicht eben Geld geklirrt?«, fragte der Revieraufseher, der etwas zu Boden fallen hörte, aber infolge der Schnelligkeit, mit der sich Tschartkow über die Rolle gestürzt hatte, nicht sehen konnte, was es war.

»Was geht es Sie an, was ich hier habe?«

»Das geht mich insofern an, als Sie sofort dem Hauswirt den Zins bezahlen müssen; denn Sie haben Geld und wollen nicht zahlen. Das geht mich an!«

»Ich werde ihn heute noch bezahlen.«

»Warum wollten Sie dann nicht schon früher bezahlen und machen dem Hauswirt Scherereien, so dass er die Polizei belästigen muss?«

»Weil ich dieses Geld nicht anrühren wollte. Ich werde ihn heute noch bezahlen und morgen ausziehen, denn ich will bei einem solchen Hauswirt nicht länger bleiben.«

»Nun, Iwan Iwanowitsch, er wird bezahlen«, sagte der Revieraufseher, sich an den Hauswirt gewendet. »Wenn Sie aber bis heute Abend nicht vollständig zufrieden sind, so wird der Herr Kunstmaler schon entschuldigen müssen, wenn wir …« Mit diesen Worten setzte er seinen Dreimaster auf und verließ die Wohnung. Der Hauswirt folgte ihm mit gesenktem Kopf und, wie es schien, in Gedanken versunken.

»Gott sei Dank, dass der Teufel sie geholt hat!«, sagte Tschartkow, als er die Tür im Vorzimmer ins Schloss fallen hörte. Er blickte ins Vorzimmer hinaus, schickte Nikita fort, um allein zu sein, schloss die Tür hinter ihm ab und begann, in sein Zimmer zurückgekehrt, unter heftigem Herzklopfen die Rolle aufzuwickeln. Sie enthielt lauter funkelnagelneue und wie Feuer glänzende Dukaten. Fast wahnsinnig saß er über dem goldenen Haufen und fragte sich immer noch: »Ist es kein Traum?« Die Rolle enthielt exakt tausend Dukaten; sie sah von außen genau so aus, wie er sie im Traum gesehen hatte. Einige Minuten wühlte er in den Dukaten, musterte sie und konnte sich noch immer nicht beruhigen. In seiner Phantasie erwachten plötzlich alle Geschichten von vergrabenen Schätzen und Schatullen mit Geheimfächern, die die Ahnen für ihre verarmten Enkel zurücklassen, fest davon überzeugt, dass diese dereinst ruiniert sein werden. Er dachte sich: »Ist es nicht vielleicht einem Großvater eingefallen, seinem Enkel ein Geschenk zu hinterlassen und es in den Rahmen des Familienporträts einzuschließen?« Von einem romantischen Wahn erfüllt, fragte er sich sogar, ob hier nicht ein geheimnisvoller Zusammenhang mit seinem eigenen Schicksal bestehe. Ob die Existenz des Porträts nicht irgendwie mit seiner eigenen Existenz zusammenhing und ob nicht schon in der bloßen Anschaffung des Porträts eine Fügung des Schicksals lag. Er begann neugierig, den Rahmen des Bildes zu untersuchen. Dieser hatte an der einen Seite eine Höhlung, die so geschickt und unmerklich von einem Brettchen verdeckt war, dass, wenn nicht die grobe Hand des Revieraufsehers den Bruch verursacht hätte, die Dukaten wohl bis ans Ende aller Zeiten darin verborgen geblieben wären. Indem er das Porträt betrachtete, bewunderte er wieder die herrliche Malerei und die ungewöhnliche Ausarbeitung der Augen: sie erschienen ihm nicht mehr schrecklich, aber in seiner Seele blieb noch immer ein unwillkürliches unangenehmes Gefühl. »Nein«, sagte er zu sich selbst, »wessen Großvater du auch seist, ich lasse dich dafür hinter Glas und in einen goldenen Rahmen setzen.« Er legte die Hand auf den goldenen Haufen, und bei dieser Berührung fing sein Herz heftig zu klopfen an. »Was soll ich mit ihnen anfangen?«, fragte er sich, die Dukaten anstarrend. »Jetzt bin ich für wenigstens drei Jahre versorgt; ich kann mich in meinem Zimmer einschließen und arbeiten. Jetzt habe ich Geld für die Farben; auch für Essen, Tee, für alle Auslagen und für die Wohnung; nun wird mich niemand mehr stören und ärgern. Ich kaufe mir eine gute Gliederpuppe, bestelle mir einen Torso und ein Paar Füße aus Gips, stelle mir eine Venus auf und schaffe mir Stiche nach den ersten Meistern an. Und wenn ich drei Jahre ohne Übereilung und nicht des Geldes wegen für mich allein arbeite, überhole ich sie alle und kann ein berühmter Künstler werden.«

So sprach er im Einklang mit der Vernunft, die ihm zuflüsterte; doch aus seinem Inneren klang noch eine andere, lautere Stimme. Er sah das Gold wieder an, und seine zweiundzwanzig Jahre und seine überschäumende Jugend sagten etwas ganz anderes. Nun hatte er alles in seiner Macht, was er bisher nur aus der Ferne mit neidischen Augen angeschaut und bewundert hatte, während ihm das Wasser im Mund zusammenlief. Ach, wie klopfte ihm das Herz, als er daran dachte! Einen modernen Frack kaufen, sich nach dem langen Fasten ordentlich sattessen, eine schöne Wohnung mieten, sofort ins Theater gehen, in eine Konditorei, in eine … und so weiter … Er packte das Geld und war mit einem Satz auf der Straße.

Zuallererst begab er sich zu einem Schneider, ließ sich von Kopf bis Fuß neu bekleiden und betrachtete sich wie ein Kind fortwährend im Spiegel; er kaufte sich Parfums und Pomade, mietete, ohne zu handeln, die erste beste Wohnung auf dem Newskij-Prospekt mit Spiegeln und großen Fensterscheiben; kaufte sich so ganz nebenbei ein teures Lorgnon, eine Menge Halsbinden, viel mehr als er brauchte, ließ sich vom Friseur die Haare kräuseln, fuhr zweimal in einer feinen Equipage ohne jeden Zweck durch die Stadt, überaß sich in der Konditorei an Konfekt und kehrte in ein französisches Restaurant ein, von dem er bisher einen so unklaren Begriff gehabt hatte wie vom chinesischen Kaiserreich. Hier aß er großspurig zu Mittag, mit hochmütigen Blicken die anderen Gäste musternd und sich in einem fort vor dem Spiegel die gebrannten Locken richtend. Hier trank er auch eine Flasche Champagner, den er bisher auch nur vom Hörensagen kannte. Der Wein stieg ihm zu Kopf; er trat auf die Straße, lebhaft und unternehmungslustig, und war, wie man in Russland sagt, »selbst dem Teufel kein Bruder«. Er ging stolz wie ein Pfau über das Trottoir und musterte alle durch sein Lorgnon. Auf der Brücke gewahrte er seinen alten Professor und huschte geschickt an ihm vorbei, als hätte er ihn gar nicht bemerkt. Der Professor stand noch lange wie zur Salzsäule erstarrt und mit einem Fragezeichen im Gesicht auf der Brücke.

Seine ganze Habe – Staffelei, Rahmen, Bilder wurden noch am gleichen Abend in die neue luxuriöse Wohnung gebracht. Die besseren Sachen stellte er sichtbar auf, die weniger guten warf er in eine Ecke; dann ging er durch die prunkvollen Zimmer und betrachtete sich fortwährend in den Spiegeln. In seinem Herzen regte sich der unüberwindliche Wunsch, den Ruhm gleich auf der Stelle am Schwanz zu packen und sich der Welt zu zeigen. Er glaubte schon die Rufe zu hören: »Tschartkow, Tschartkow! Haben Sie schon das Bild Tschartkows gesehen? Was für einen flotten Pinsel hat doch dieser Tschartkow! Welch ein starkes Talent!« Er ging verzückt in seinem Zimmer auf und ab und schweifte in seiner Phantasie Gott weiß wo herum. Am anderen Tag steckte er sich zehn Dukaten in die Tasche und begab sich zum Herausgeber einer verbreiteten Zeitung, um ihn um großmütige Förderung zu bitten; der Journalist empfing ihn ungemein freundlich, sprach ihn mit »Verehrtester« an, drückte ihm beide Hände, erkundigte sich eingehend nach dem Namen, Vatersnamen und Adresse, und schon am nächsten Tag erschien in der Zeitung gleich nach einer Anzeige über eine neuerfundene Sorte von Talglichtern ein Artikel mit der Überschrift:

Von der ungewöhnlichen Begabung Tschartkows!

Wir beeilen uns, den gebildeten Bewohnern der Residenzstadt zu einer neuen, man kann wohl sagen, in jeder Beziehung herrlichen Erscheinung zu gratulieren. Alle sind darin einig, dass wir eine Menge wunderbarer Physiognomien und schöner Gesichter haben; es fehlte aber bisher an einem Mittel, sie auf eine zauberische Leinwand zu bannen und so der Nachwelt zu überliefern. Dieser Mangel ist jetzt behoben; es hat sich ein Maler gefunden, der in sich alles, was man dazu braucht, vereinigt. Die Schöne kann jetzt überzeugt sein, dass sie mit der ganzen Grazie ihrer luftigen, leichten, bezaubernden, angenehmen, wunderbaren Anmut, die an einen über Frühlingsblüten schwebenden Falter gemahnt, verewigt sein wird. Der ehrwürdige Familienvater wird sich von seiner ganzen Familie umgeben sehen. Der Kaufmann, der Soldat, der Bürger, der Staatsmann, ein jeder wird seine Tätigkeit mit neuem Eifer fortsetzen können. Eilt, eilt, vom Spaziergang, vom Gang zu einem Freund, zu einer Cousine, in ein glänzendes Geschäft, eilt, woher es auch sei, in das großartige Atelier des Künstlers (Newski-Prospekt, Nummer soundsoviel), das mit Werken seines Pinsels angefüllt ist, welche eines van Dyck und eines Tizian wohl würdig wären. Man weiß nicht, worüber man mehr staunen soll: über die Naturtreue und die Ähnlichkeit mit dem Original oder über die ungewöhnliche Lebendigkeit und Frische der Pinselführung. Ehre sei Ihnen, Herr Künstler! Sie haben ein glückliches Los in der Lotterie gezogen. Vivat Andrej Petrowitsch! (Der Journalist liebte offenbar familiäre Wendungen). *Machen Sie sich und auch uns berühmt. Wir verstehen Sie zu schätzen. Der allgemeine Zulauf und zugleich auch irdische Güter – auch wenn mancher Journalist dagegen kämpfen mag – werden Ihr Lohn sein.*

Mit geheimer Wonne las der Maler diese Reklame, und sein Gesicht erstrahlte. Man sprach von ihm schon in der Presse – das war für ihn neu. Einige Mal las er die Zeilen durch. Der Vergleich mit van Dyck und Tizian schmeichelte ihm sehr. Der Satz: »Vivat Andrej Petrowitsch!« gefiel ihm gleichfalls sehr: man nannte ihn in der Zeitung mit seinem Vor- und Vatersnamen – diese Ehre war ihm bisher ganz und gar unbekannt. Er fing an, mit schnellen Schritten auf und ab zu gehen und sich das Haar zu zerzausen; bald setzte er sich in einen Sessel, bald stand er auf und setzte sich auf das Sofa, wobei er sich immer vorstellte, wie er die Besucher und Besucherinnen empfangen würde; bald trat er vor die Leinwand und machte eine elegante Geste mit dem Pinsel, wobei er sich bemühte, der Hand einen möglichst graziösen Schwung zu verleihen.

Am nächsten Tag klingelte es an seiner Tür; er beeilte sich, selbst aufzumachen. Es war eine Dame in Begleitung eines Lakaien in pelzgefütterter Livree; zugleich mit der Dame erschien ihre Tochter, ein junges Mädchen von achtzehn Jahren.

»Monsieur Tschartkow?«, fragte die Dame.

Der Maler verbeugte sich.

»Es wird über Sie so viel geschrieben; man sagt, Ihre Porträts seien der Gipfel der Vollkommenheit.« Mit diesen Worten nahm die Dame ihr Lorgnon vor die Augen und eilte zur Wand, an der jedoch nichts hing. »Wo sind denn Ihre Porträts?«

»Man hat sie hinausgetragen«, antwortete der Maler etwas verwirrt. »Ich bin eben erst in diese Wohnung eingezogen, und die Bilder sind unterwegs … sie sind noch nicht hier.«

»Waren Sie schon in Italien?«, fragte die Dame, ihr Lorgnon auf ihn richtend, da sie nichts anderes fand, auf das sie es hätte richten können.

»Nein, ich war noch nicht dort, wollte aber hinreisen …

Ich habe es übrigens nur aufgeschoben … Hier ist ein Sessel; sind Sie nicht müde?«

»Ich danke, ich habe lange genug in der Equipage gesessen. Da sehe ich endlich Ihre Werke!«, sagte die Dame, zu der Wand gegenüber laufend und das Lorgnon auf die auf dem Boden stehenden Studien, Skizzen, Perspektiven und Porträts richtend. »C'est charmant, Lise! Lise, venez ici. Ein Zimmer im Stil Teniers'. Siehst du? Eine Unordnung, ein Durcheinander, ein Tisch, darauf eine Büste, eine Hand, eine Palette; da ist auch Staub… siehst du, wie der Staub gemalt ist! C'est charmant! Und hier auf dem anderen Bild eine Frau, die sich das Gesicht wäscht – quelle jolie figure! Ach, ein Bäuerlein! Lise! Lise! Ein Bäuerlein im russischen Hemd! Siehst du: ein Bäuerlein! Sie malen also nicht nur Porträts?«

»Ach, das ist nichts … ich habe es nur zum Zeitvertreib gemacht … es sind Studien …«

»Sagen Sie, welche Meinung haben Sie von den jetzigen Porträtmalern? Nicht wahr, es gibt unter ihnen keinen, der wie Tizian wäre? Es fehlt die Kraft im Kolorit, es fehlt diese … wie schade, dass ich es Ihnen nicht russisch erklären kann.« (Die Dame war eine Liebhaberin der Malerei und hatte mit ihrem Lorgnon alle Galerien Italiens durchrast.) »Übrigens Monsieur Nohl … ach, wie der malt! Welch eine ungewöhnliche Pinselführung! Ich finde, dass seine Gesichter sogar mehr Ausdruck haben als die des Tizian. Sie kennen Monsieur Nohl nicht?«

»Wer ist dieser Nohl?«, fragte der Maler.

»Monsieur Nohl. Ach, ist das ein Talent! Er hat ihr Porträt gemalt, als sie erst zwölf Jahre alt war. Sie müssen unbedingt zu uns kommen. Lise, du wirst ihm dein Album zeigen. Wissen Sie, wir sind hergekommen, damit Sie sofort mit ihrem Porträt beginnen.«

»Gewiss, ich bin gleich bereit.« Er schob im Nu die Staffelei mit einem fertig bespannten Keilrahmen heran, nahm die Palette in die Hand und richtete seinen Blick auf das blasse Gesichtchen der Tochter. Wäre er ein Kenner der menschlichen Natur gewesen, so hätte er darin sofort den Ausdruck einer beginnenden kindlichen Leidenschaft für Bälle, einer quälenden Langeweile an Vor- und Nachmittagen und des brennenden Wunsches gelesen, im neuen Kleid auf der Promenade zu flanieren – sowie die Spuren eines stumpfen Eifers für allerlei Künste, den ihr die Mutter zwecks Hebung ihrer Seele und ihrer Gefühle eingeflößt hatte. Der Maler sah aber in diesem zarten Gesichtchen nur die für den Pinsel verlockende, beinahe porzellanartige Durchsichtigkeit, das bezaubernde leichte Schmachten, den feinen alabasternen Hals und die aristokratische Zierlichkeit. Er machte sich schon im Voraus bereit zu triumphieren, die Leichtigkeit und den Glanz seines Pinsels zu zeigen, der bisher nur mit den harten Zügen der rohen Modelle, den strengen Antiken und den Kopien nach einigen klassischen Meistern zu tun gehabt hatte. Er stellte sich schon im Geist vor, wie ihm dieses zarte Gesichtchen geraten würde.

»Wissen Sie«, sagte die Dame mit einem beinahe rührenden Gesichtsausdruck: »Ich möchte … sie hat jetzt ein Kleid an; offen gestanden möchte ich sie nicht in diesem Kleid gemalt sehen, an das wir so gewöhnt sind: ich möchte, sie wäre ganz einfach gekleidet und säße im Schatten grüner Bäume; im Hintergrund sollen aber irgendwelche Felder, Herden oder ein Wäldchen zu sehen sein … man soll es ihr nicht ansehen, dass sie eben im Begriff ist, zu irgendeinem Ball oder einer modischen Abendunterhaltung zu fahren. Unsere Bälle töten, offen gestanden, die Seele und die letzten Reste der Gefühle … Einfachheit, verstehen Sie, ich möchte mehr Einfachheit.« (Ach, in den Gesichtern der Mutter und der Tochter stand aber geschrieben, dass sie schon so viel auf Bällen getanzt hatten, dass sie fast wächsern geworden waren.)

Tschartkow machte sich ans Werk. Er setzte sein Modell in einen Sessel, durchdachte seine Arbeit, fuhr mit dem Pinsel durch die Luft, fixierte im Geist die Hauptpunkte, kniff einige Mal ein Auge zusammen, beugte sich zurück, sah noch einmal aus größerer Entfernung hin und begann mit der Untermalung, die auch bald fertig war. Mit der Untermalung zufrieden, machte er sich an die Ausführung; die Arbeit riss ihn hin; er hatte schon alles vergessen, selbst dass er sich in Gesellschaft aristokratischer Damen befand; er fing sogar an, gewisse Malerangewohnheiten zu zeigen und verschiedene Laute von sich zu geben und zu trällern, wie es oft die Maler tun, wenn sie mit der ganzen Seele bei der Arbeit sind. Er nötigte sein Modell sogar, das zuletzt unruhig hin und her rückte und große Müdigkeit zeigte, ganz ungeniert mit einem bloßen Wink des Pinsels, den Kopf zu heben.

»Genug, fürs erste Mal ist es genug«, sagte die Dame.

»Noch ein bisschen!«, bat der Maler, der ganz hingerissen war.

»Nein, es ist Zeit! Lise, es ist schon drei!«, sagte sie, indem sie eine kleine Uhr, die an einem goldenen Kettchen an ihrem Gürtel hing, hervorholte. »Ach, es ist schon so spät!«, schrie sie auf.

»Nur noch einen Augenblick!«, sagte Tschartkow mit der flehenden Stimme eines Kindes.

Die Dame schien aber jetzt gar nicht geneigt, seinen künstlerischen Bedürfnissen entgegenzukommen, und versprach, das nächste Mal etwas länger zu bleiben.

»Es ist aber ärgerlich«, dachte sich Tschartkow, »meine Hand war gerade so schön in Schwung gekommen.« Und er erinnerte sich, dass ihn niemand zu unterbrechen und zu stören wagte, als er noch in seinem Atelier auf der Wassiljewskij-Insel arbeitete; Nikita pflegte unbeweglich auf einem Fleck zu sitzen, und er konnte ihn malen, so lange er wollte; Nikita brachte es sogar fertig, in der angegebenen Stellung einzuschlafen. Unzufrieden legte er

Pinsel und Palette auf einen Stuhl und blieb nachdenklich vor der Leinwand stehen.

Ein Kompliment der vornehmen Dame weckte ihn aus seiner Versunkenheit. Er stürzte zur Tür, um die beiden hinauszubegleiten; auf der Treppe erhielt er die Einladung, in der nächsten Woche bei ihnen zu essen, und kehrte mit vergnügter Miene in sein Zimmer zurück. Die aristokratische Dame hatte ihn ganz bezaubert. Bisher hatte er solche Geschöpfe als etwas Unerreichbares angesehen, als etwas, was nur dazu geboren war, um in einer prächtigen Equipage mit livrierten Lakaien und einem eleganten Kutscher vorbeizusausen und den in ärmlichen Mänteln zu Fuß vorbeigehenden Menschen einen gleichgültigen Blick zuzuwerfen. Nun ist aber eines dieser Geschöpfe in sein Zimmer getreten; er malt sein Bildnis und ist in ein aristokratisches Haus zum Essen geladen. Er war ungemein zufrieden und wie berauscht; dafür belohnte er sich mit einem feinen Mittagessen und einem Theaterbesuch am Abend und fuhr wieder ohne jeden Zweck in einer vornehmen Equipage durch die Stadt.

Alle diese Tage wollte ihm seine gewohnte Arbeit nicht in den Sinn. Er bereitete sich nur vor und wartete auf das Läuten an der Tür. Endlich kam die aristokratische Dame mit ihrer blassen Tochter wieder. Er ließ sie Platz nehmen, rückte die Leinwand heran, was er jetzt recht geschickt und mit der Allüre vornehmer Manieren tat, und machte sich an die Arbeit. Der sonnige Tag und die gute Beleuchtung unterstützten ihn. Er entdeckte in seinem graziösen Modell vieles, was, auf die Leinwand gebannt, dem Porträt eine hohe Qualität verleihen konnte; er sah, dass hier vielleicht etwas Außerordentliches entstand, wenn es ihm gelänge, alles so vollendet darzustellen, wie ihm jetzt das Original erschien. Sein Herz fing sogar zu beben an, als er fühlte, dass es ihm gelingen werde, etwas wiederzugeben, was den anderen entgangen war. Die Arbeit nahm ihn ganz und gar gefangen; er versenkte sich in sie und dachte nicht mehr an die aristokratische Abstammung des Modells. Mit stockendem Atem sah er, wie ihm die leichten Züge und das fast durchsichtige, zarte Fleisch des siebzehnjährigen Mädchens gerieten. Er erhaschte jede Schattierung, die gelblichen Töne, den kaum sichtbaren bläulichen Anflug unter den Augen, und er war schon im Begriff, auch den kleinen Pickel, der auf der Stirn erblüht war, festzuhalten, als er plötzlich die Stimme der Mutter vernahm: »Ach, wozu das? Das ist nicht nötig«, sagte die Dame. »Auch das … hier, an einigen Stellen … es scheint mir etwas gelb, und auch hier die dunklen Fleckchen.« Der Maler begann ihr zu erklären, dass gerade diese Fleckchen und der gelbe Ton sich besonders gut machten und die angenehmen und zarten Töne des Gesichts bewirkten. Darauf bekam er zur Antwort, dass sie gar nichts bewirkten und gar keinen Ton ausmachten und dass es ihm nur so vorkomme. »Aber erlauben Sie, dass ich nur hier, an dieser Stelle, ein wenig mit gelber Farbe nachfahre«, sagte der Künstler einfältig. Aber man erlaubte es ihm nicht. Man erklärte ihm, dass Lise heute ausnahmsweise etwas indisponiert sei und dass sie sonst niemals gelb aussähe; ihr Gesicht sei vielmehr von einer erstaunlichen Frische. Traurig machte er sich an die Beseitigung dessen, was sein Pinsel auf die Leinwand gebannt hatte. Es verschwanden viele fast unmerkliche Züge, und mit ihnen verschwand auch zum Teil die Ähnlichkeit. Er begann dem Porträt ganz gefühllos das allgemeine Kolorit zu verleihen, das man auswendig kennt und das selbst die nach der Natur gemalten Gesichter in kalte Idealgestalten verwandelt, wie man sie auf Schülerarbeiten sieht. Aber die Dame war sehr zufrieden, dass das verletzende Kolorit beseitigt war. Sie äußerte nur ihr Erstaunen darüber, dass die Arbeit so lange daure, und fügte hinzu, dass sie gehört habe, er pflege sonst ein Porträt in zwei Sitzungen zu verfertigen. Der Maler wusste nicht, was darauf zu antworten. Die Damen erhoben sich und schickten sich an, zu gehen. Er legte den Pinsel weg, begleitete sie bis zur Tür und verharrte dann lange nachdenklich vor dem Porträt.

Das Porträt blickte ihn ganz dumm an, aber in seinem Kopf schwebten noch die leichten weiblichen Züge, die Farben und luftigen Töne, die er wahrgenommen und die sein Pinsel so grausam vernichtet hatte. Ganz von ihnen erfüllt, stellte er das Porträt zur Seite und holte das Köpfchen der Psyche hervor, das er einst skizzenhaft hingeworfen und dann aufgegeben hatte. Es war ein geschickt gemaltes, aber durchaus ideales, kaltes Gesichtchen, das nur aus ganz allgemeinen Zügen bestand, denen noch kein Leben innewohnte. Um die Zeit totzuschlagen, fuhr er nun mit dem Pinsel nach und dachte dabei an alle Einzelheiten, die er im Gesicht des aristokratischen Modells wahrgenommen hatte. Jene Züge und Töne erstanden hier in der geläuterten Form, in der sie erscheinen, wenn der Künstler, nachdem er sich an der Natur sattgesehen, sich von ihr entfernt und ein ihr gleichwertiges Werk schafft. Die Psyche erwachte zum Leben, und die schwach angedeutete Idee wurde allmählich zu lebendigem Fleisch. Der Gesichtstypus des aristokratischen Mädchens teilte sich wie von selbst der Psyche mit, und diese erhielt dadurch einen eigenartigen Ausdruck, der ihr den Wert eines wirklich originellen Werks verlieh. Er hatte sich anscheinend wie im Einzelnen, so auch im Allgemeinen alles zunutze gemacht, was ihm das Original geboten, und versenkte sich ganz in diese Arbeit. Einige Tage lang war er nur mit ihr beschäftigt. Bei dieser Arbeit trafen ihn auch die beiden bekannten Damen an. Er hatte keine Zeit gehabt, das Bild von der Staffelei zu nehmen. Beide Damen schrien freudig überrascht auf und schlugen die Hände zusammen.

»Lise, Lise! Ach, wie ähnlich! Superbe, superbe! Wie schön ist doch Ihr Einfall, sie in ein griechisches Kostüm zu kleiden! Ach, diese Überraschung!«

Der Künstler wusste nicht, wie den Damen die angenehme Täuschung auszureden. Beschämt und mit gesenktem Kopf sagte er leise: »Es ist Psyche.«

»Sie haben sie als Psyche dargestellt? C'est charmant!«, sagte die Mutter lächelnd, worauf auch die Tochter lächelte.

»Nicht wahr, Lise, es steht dir am besten, als Psyche dargestellt zu sein? Quelle idée délicieuse! Aber diese Arbeit! Ein wahrer Coreggio! Offen gestanden habe ich wohl viel von Ihnen gelesen und gehört, habe aber nicht gewusst, dass Sie so ein Talent haben. Nein, Sie müssen unbedingt auch mein Porträt malen.« Die Dame wollte offenbar auch als eine Psyche dargestellt werden. – Was soll ich mit ihnen anfangen?, fragte sich der Maler. – Wenn sie es selber wollen, so soll die Psyche als das gelten, was sie in ihr sehen wollen. – Dann sagte er laut: »Wollen Sie noch ein wenig sitzen: ich will nur hie und da mit dem Pinsel nachfahren.«

»Ach, ich fürchte, dass Sie sie … sie ist jetzt so ähnlich …«

Der Maler erriet, dass die Befürchtungen den gelben Ton betrafen, und er beruhigte die beiden, indem er sagte, er wolle nur den Augen etwas mehr Glanz und Ausdruck verleihen. In Wirklichkeit quälte ihn doch zu sehr das Gewissen, und er wollte dem Porträt wenigstens etwas mehr Ähnlichkeit mit dem Original verleihen, damit ihm niemand absolute Schamlosigkeit vorwerfen könne. In der Gestalt der Psyche begannen nun in der Tat die Züge des blassen Mädchens deutlicher hervorzutreten.

»Genug!«, sagte die Mutter, die schon befürchtete, dass die Ähnlichkeit allzu groß werden könnte. Dem Maler wurde jeglicher Lohn zuteil: ein Lächeln, Geld, Komplimente, ein herzlicher Händedruck und eine Einladung zum Mittagessen – kurzum, tausend schmeichelhafte Belohnungen.

Das Porträt erregte in der Stadt Aufsehen. Die Dame zeigte es ihren Freundinnen. Alle staunten über die Kunst, mit der der Maler es verstanden hatte, die Ähnlichkeit zu wahren und zugleich dem Original Anmut zu verleihen.

Das Letztere wurde natürlich nicht ohne Neid bemerkt. Der Maler war plötzlich von Auftraggebern belagert. Die ganze Stadt schien sich von ihm malen lassen zu wollen. An seiner Tür ging fortwährend die Klingel. Einerseits hätte es für ihn gut sein können, da ihm die unendliche Mannigfaltigkeit der Gesichter eine große Praxis bot. Zu seinem Unglück waren es aber lauter Menschen, mit denen es schwer auszukommen war; hastige, vielbeschäftigte Menschen oder solche, die der großen Welt angehörten und folglich noch mehr beschäftigt als die anderen und somit äußerst ungeduldig waren. Von allen Seiten wurde verlangt, dass er gut und schnell arbeitete.

Der Maler sah bald die Unmöglichkeit ein, die Porträts wirklich zu vollenden, er musste vielmehr den Mangel durch Geschicklichkeit und flotte Pinselführung ersetzen: es galt nur das Ganze, den allgemeinen Ausdruck zu erfassen, ohne sich mit dem Pinsel in die feineren Einzelheiten zu versenken; es war, mit einem Wort, ganz unmöglich, der Natur in ihrer Vollendung nachzuspüren. Es ist außerdem zu bemerken, dass die Menschen, die sich von ihm malen ließen, noch viele andere Ansprüche an ihn stellten. Die Damen verlangten, dass die Porträts vorwiegend die Seelen und die Charaktere darstellten, alles Übrige aber mitunter ganz weggelassen werden durfte: dass alles Eckige abgerundet, jeder Fehler geglättet und sogar womöglich ganz vernachlässigt wurde – kurz gesagt, damit das Porträt in dem Beschauer Bewunderung, wenn nicht gar Liebe erweckte. Darum nahmen auch die Damen, wenn sie ihm saßen, mitunter einen solchen Ausdruck an, dass der Maler nur so staunte: die eine bemühte sich, Melancholie, die andere Verträumtheit zu mimen; die dritte wollte um jeden Preis ihren Mund kleiner erscheinen lassen und spitzte ihn so, dass er sich schließlich in einen Punkt, kaum so groß wie ein Stecknadelkopf, verwandelte. Dabei verlangten sie von ihm alle Ähnlichkeit und ungezwungene

Natürlichkeit. Auch waren die Männer durchaus nicht besser als die Damen: der eine wollte mit einer starken, energischen Wendung des Kopfs dargestellt werden. Der andere mit nach oben gerichteten durchgeistigten Augen; ein Gardeleutnant forderte, dass aus seinen Augen Gott Mars blickte; der Zivilbeamte wünschte, dass sein Gesicht möglichst viel Offenheit und Edelsinn ausdrückte und die Hand auf einem Buch mit der deutlich lesbaren Inschrift »Er trat immer für die Wahrheit ein« ruhte.

Solche Zumutungen brachten den Maler anfangs zum Schwitzen: alle diese Dinge wollten ja überlegt sein, während man ihm nur wenig Zeit dazu ließ. Endlich begriff er, was man von ihm wollte, und gab sich keine Mühe mehr. Schon aus wenigen Worten erfasste er, als was sich der und jener dargestellt sehen wollte. Wer nach dem Gott Mars verlangte, dem malte er den Mars ins Gesicht; wer sich für einen Byron hielt, dem verlieh er die Pose und die Wendung Byrons. Wollte sich eine Dame als Corinna, Undine oder Aspasia dargestellt sehen – er ging immer mit der größten Bereitwilligkeit auf alles ein und schenkte einem jeden außerdem eine gewisse Anmut, die bekanntlich niemals schadet und für die man dem Maler gerne auch Unähnlichkeit verzeiht. Bald staunte er selbst über die wunderbare Schnelligkeit und Flottheit seines Pinsels. Die sich von ihm malen ließen, waren aber selbstverständlich entzückt und erklärten ihn für ein Genie.

Tschartkow wurde in jeder Hinsicht zu einem Modemaler. Er fing an, Diners zu besuchen, Damen in die Galerien und sogar auf die Promenade zu begleiten, sich elegant zu kleiden und laut zu verkünden, dass der Künstler der Gesellschaft angehören und seinen Stand hochhalten müsse, während die Künstler sich sonst wie die Schuster kleideten, kein Benehmen hätten, den feineren Ton nicht beobachteten und jeder Bildung entbehrten. In seiner Wohnung und in seinem Atelier sah er auf äußerste Ordnung und Reinlichkeit; er stellte zwei großartige Lakaien an, nahm elegante Schüler auf, wechselte einigemal am Tage allerlei Morgenanzüge und kräuselte sich das Haar. Er vervollkommnete immer mehr seine Manieren, mit denen er die Besucher empfing, und widmete sich der Verschönerung seines Äußeren mit allen möglichen Mitteln, um auf die Damen einen angenehmen Eindruck zu machen; mit einem Wort, bald konnte man in ihm den bescheidenen jungen Maler, der einst, von niemandem beachtet, in seinem Loch auf der Wassiljewskij-Insel gearbeitet hatte, nicht mehr wiedererkennen. Über die anderen Maler und über die Kunst urteilte er nun sehr scharf. Er behauptete, dass den alten Meistern eine viel zu hohe Bedeutung zugemessen werde, dass sie alle vor Raffael keine Menschen, sondern Heringe gemalt hätten; dass es nur eine Einbildung der Beschauer sei, wenn behauptet werde, in diesen Bildern sei etwas Heiliges enthalten; dass Michelangelo ein Prahler sei, der sich überall nur mit seinen anatomischen Kenntnissen habe großtun wollen; dass ihm jede Grazie fehle, und dass der wahre Glanz und die wahre Kraft der Pinselführung und des Kolorits nur heutzutage, im jetzigen Jahrhundert, zu sehen seien.

So brachte er die Rede natürlich und unwillkürlich auf sich selbst. »Nein«, pflegte er zu sagen, »ich verstehe nicht, wie die anderen sich so abmühen können: ein Mensch, der sich einige Monate mit einem Bild plagt, ist meiner Ansicht nach ein Arbeiter und kein Künstler; ich kann unmöglich glauben, dass er Talent hat. Das Genie schafft kühn und schnell. Dieses Porträt da«, sagte er, sich an die Besucher wendend, »habe ich in zwei Tagen gemalt, dieses Köpfchen in einem Tag, dieses hier in einigen Stunden, und dieses in etwas mehr als einer Stunde. Nein, ich … ich muss gestehen, dass ich es nicht als Kunst ansehen kann, was Strich auf Strich entsteht; es ist Handwerk und keine Kunst.«

So sprach er zu seinen Besuchern, und die Besucher staunten über die Kraft und den Schwung seines Pinsels und stießen sogar Rufe des Erstaunens aus, als sie hörten, wie schnell die Werke entstanden waren. Hinterher sagten sie zueinander: »Das ist ein Talent! Ein wahres Talent! Schauen Sie nur, wie er spricht, wie seine Augen leuchten! Il y a quelque chose d'extraordinaire dans toute sa figure!«

Es schmeichelte dem Künstler, solche Äußerungen zu hören. Wenn in den Zeitungen lobende Aufsätze erschienen, freute er sich wie ein Kind, obwohl er das Lob mit seinem eigenen Geld bezahlt hatte. Er trug so ein Zeitungsblatt immer bei sich und zeigte es wie zufällig seinen Bekannten und Freunden, und das machte ihm selbst eine einfältige Freude. Sein Ruhm wuchs, und er hatte immer mehr Arbeit und Aufträge. Schon fingen ihn die immer gleichen Porträts und Gesichter, deren Posen und Mienen er auswendig kannte, zu langweilen an. Er malte sie ohne große Lust und skizzierte nur irgendwie den Kopf, überließ aber die Ausarbeitung seinen Schülern. Früher hatte er immerhin noch versucht, eine neue Haltung zu erfinden, den Beschauer durch Kraft und Effekt zu verblüffen. Jetzt langweilte ihn aber auch das. Sein Geist war zu müde, um Neues zu erfinden. Das konnte er nicht mehr und hatte auch keine Zeit dazu: das Leben voller Zerstreuung und die Gesellschaft, in der er eine Rolle spielen wollte, lenkte ihn von der Arbeit und vom Denken ab. Seine Malweise wurde kälter und stumpfer, und er schloss sich für sich selbst unmerklich in eintönige, bestimmte, längst abgeleierte Formen ein. Die immergleichen, kalten, zugeknöpften, stets gepflegten Gesichter der Militär- und Zivilbeamten boten seinem Pinsel kein zu weites Feld; er interessierte sich nicht mehr für die prunkvollen Drapierungen, für die starken Bewegungen und Leidenschaften. Von geschickten Arrangements, künstlerischer Dramatik und erhabener Komposition war nicht mehr die Rede; er sah vor sich nur die Uniform, das

Korsett und den Frack, vor denen der wahre Künstler nur Kälte empfindet und jede Phantasie erlischt. In seinen Werken konnte man nun auch die gewöhnlichsten Qualitäten nicht mehr entdecken, und trotzdem wurden sie noch immer gekauft und erfreuten sich der Berühmtheit, obwohl die wahren Kenner und Künstler beim Anblick seiner letzten Arbeiten nur die Achseln zuckten. Manche aber, die Tschartkow früher gekannt hatten, konnten unmöglich begreifen, wie ein Talent, dessen Anzeichen sich in ihm einst so leuchtend offenbart hatten, so spurlos verschwinden konnte, und bemühten sich zu ergründen, wie es möglich war, dass in einem Menschen die Begabung zu einer Zeit zerstört wurde, da er gerade die volle Entfaltung aller seiner Kräfte erreicht hatte.

In seinem Höhenflug hörte der Künstler aber von diesem Gerede nichts. Er kam allmählich in die Jahre, geistig wie körperlich: er begann, an Gewicht zuzulegen und in die Breite zu gehen. In den Zeitungen und Zeitschriften las er schon die Epitheta: »Unser verehrter Andrej Petrowitsch, unser hochverdienter Andrej Petrowitsch«. Schon bot man ihm allerlei Ehrenämter an und lud ihn zur Teilnahme an Prüfungen und Komitees ein. Schon fing er an, wie es alle älteren Leute tun, für Raffael und die alten Meister Partei zu ergreifen, doch nicht etwa, weil er sich von ihrem hohen Wert überzeugt hätte, sondern um sie den jungen Künstlern vor die Nase zu reiben. Schon fing er an, wie es in diesem reifen Alter üblich ist, der ganzen Jugend, ohne Ausnahme, Unmoral und schlechte Gesinnung vorzuwerfen. Schon glaubte er, dass alles in dieser Welt höchst einfach geschähe, dass es eine Inspiration von oben gar nicht gäbe und dass alles dem gleichen strengen Gesetz der Ordnung und Gleichförmigkeit unterworfen werden müsse. Mit einem Wort, sein Leben erreichte schon jenes Alter, da alles, was im jungen Menschen drängt und atmet, zusammenschrumpft, da die Töne des machtvollen

Geigenbogens immer schwächer in sein Inneres dringen und sich nicht mehr berauschend um sein Herz winden, da die Berührung mit der Schönheit keine jungfräulichen Kräfte mehr in Feuer und Flamme verwandelt, sondern alle zu Asche verbrannten Gefühle dem Klang des Goldes zugänglicher werden, seiner verlockenden Musik immer aufmerksamer lauschen und sich von ihr unmerklich einschläfern lassen. Der Ruhm kann einem, der ihn gestohlen und nicht verdient hat, keinen Genuss gewähren: er lässt nur einen, der seiner würdig ist, erzittern. Darum wandten sich all seine Gefühle und sein ganzes Streben dem Gold zu. Das Gold wurde ihm zur Leidenschaft, zum Ideal, zur Angst, zum Genuss, zum Ziel. Die Haufen von Banknoten in seinen Truhen wuchsen beständig, und wie jeder, dem diese schreckliche Gabe zufällt, fing er an, sich zu langweilen und ein gegen alles außer Gold gleichgültiger, sinnloser Geizhals und Sammler zu werden. Er war schon im Begriff, sich in eines jener sonderbaren Geschöpfe zu verwandeln, von denen es in unserer kalten Welt so viele gibt, auf die ein lebendiger fühlender Mensch nur mit Grauen blickt und dem sie als wandelnde steinerne Särge erscheinen, die eine Leiche an Stelle eines Herzens bergen. Aber ein Ereignis erschütterte ihn mächtig und weckte alles Lebendige in ihm.

Eines Tages fand er auf seinem Tisch ein Schreiben, mit dem die Akademie der Künste ihn, als ihr würdigstes Mitglied, aufforderte, zu kommen, um ein Urteil über ein neues Werk abzugeben, das ein russischer Künstler aus Italien, wo er sich vervollkommnete, geschickt hatte. Dieser Künstler war einer seiner einstigen Kollegen, der von frühester Jugend an eine Leidenschaft für die Kunst in sich trug und sich mit der glühenden Seele eines Eiferers in sie versenkte; er hatte sich von seinen Freunden, Verwandten, von all seinen geliebten Gewohnheiten losgerissen und war dorthin geeilt, wo unter dem schönen Himmel die großartige Pflanzstätte der Künste blüht – in das herrliche Rom, dessen Name allein das feurige Herz eines Künstlers so voll und mächtig schlagen lässt. Dort vertiefte er sich wie ein Einsiedler in die Arbeit und ließ sich durch nichts von ihr ablenken. Er kümmerte sich nicht darum, wie man von seinem Charakter sprach, von seiner Unfähigkeit, mit Menschen umzugehen, von seiner Missachtung der gesellschaftlichen Gepflogenheiten und von der Erniedrigung, die er der Kunst durch seinen ärmlichen, uneleganten Anzug zufügte. Er kümmerte sich nicht darum, ob ihm seine Kollegen zürnten oder nicht. Unermüdlich besuchte er die Galerien und stand stundenlang vor den Werken der großen Meister, um ihrer wunderbaren Pinselführung nachzuspüren. Er vollendete kein Werk, ohne sich zuvor vor diesen großen Lehrmeistern geprüft und aus ihren Werken einen stummen, doch beredten Rat geholt zu haben. Er beteiligte sich nicht an den geräuschvollen Gesprächen und Debatten und trat weder für noch gegen die Puristen ein. Er ließ einem jeden Gerechtigkeit widerfahren und schöpfte aus allem nur das, was wirklich schön war; zuletzt erkor er sich den göttlichen Raffael zu seinem einzigen Lehrer – ebenso wie ein großer Meister der Dichtkunst, der verschiedene, von vielen Vorzügen und erhabenen Schönheiten erfüllte Werke gelesen hat, sich zuletzt allein Homers *Ilias* als einziges Buch erkiest, weil sie alles enthält, was man sich nur erträumen mag, und es nichts gibt, was sich nicht schon in ihr in einer tiefen und großen Vollkommenheit widerspiegelt. Und so hatte der Künstler jener Schule sich eine erhabene Idee des Schaffens, eine mächtige Schönheit des Denkens und die hohe Vollkommenheit einer himmlischen Malweise erworben.

Als Tschartkow in den Saal trat, traf er bereits eine Menge von Geladenen an, die sich vor dem Bild versammelt hatten. Ein tiefes Schweigen, wie es in einer so großen Ansammlung von Kunstkennern nur selten anzutreffen ist, herrschte diesmal im ganzen Saal. Er beeilte sich, eine vielsagende Kennermiene aufzusetzen, und näherte sich dem Bild. Gott, was erblickte er da!

Keusch, makellos und schön wie eine Braut stand vor ihm das Kunstwerk. Bescheiden, göttlich, unschuldig und einfach wie ein Genie erhob es sich über allem. Die himmlischen Gestalten schienen, wie über die vielen auf sie gerichteten Blicke erstaunt, ihre schönen Wimpern schamhaft zu senken. Mit dem Gefühl eines unwillkürlichen Staunens betrachteten die Kenner dieses neue, nie gesehene Werk. Alles schien hier vereint: das Studium Raffaels, das sich im hohen Adel der Stellungen spiegelte, das Studium Correggios, von dem die Vollendung der Pinselführung zeugte. Mächtiger als alles sprach aber daraus die in der Seele des Künstlers selbst eingeschlossene Schöpfergabe. Auch der letzte Gegenstand im Bild war von ihr durchdrungen; in allen Dingen waren das Gesetz und die innere Kraft erfasst; wie auch jene sanfte Rundung der Linien, die in der Natur enthalten ist und die nur das Auge des schöpferischen Künstlers erkennt, während sie beim Kopisten eckig gerät. Man sah, wie der Künstler alles, was er aus der äußeren Welt entnommen, zuerst in seine eigene Seele eingeschlossen und dann erst aus dieser innersten Quelle als einen harmonischen, feierlichen Gesang hatte emporsteigen lassen. Und es wurde selbst den Uneingeweihten klar, was für ein unermesslicher Abgrund zwischen einem Kunstwerk und einer einfachen Kopie nach der Natur liegt. Es ist fast unmöglich, die ungewöhnliche Stille zu beschreiben, von der alle, die ihre Blicke auf das Bild hefteten, ergriffen waren: kein Geräusch, kein Ton; das Bild erschien aber von Minute zu Minute erhabener: immer strahlender und wunderbarer löste es sich von allem, was es umgab, los und wurde zuletzt zu einem Augenblick, zur Frucht des dem Künstler vom Himmel eingegebenen Gedankens – zu einem Augenblick, vor dem das ganze Leben des Menschen nur als eine Vorbereitung erschien. Die Gäste, die das Bild umringten, waren dem Weinen nahe. Alle Geschmacksrichtungen, alle kühnen und gesetzwidrigen Verirrungen des Geschmacks schienen sich zu einer stummen Hymne auf das göttliche Werk zu vereinigen.

Unbeweglich, mit offenem Mund stand Tschartkow vor dem Bild und kam erst dann wieder zu sich, als die Gäste und Kenner allmählich das Schweigen brachen, um über den hohen Wert des Werks zu sprechen, und sich an ihn mit der Bitte wandten, seine Meinung zu äußern. Er wollte schon seine gewohnte, gleichgültige Miene aufsetzen, er wollte eine der üblichen, abgeschmackten Ansichten verhärteter Künstler zum Besten geben, wie: »Ja, gewiss, man kann dem Künstler die Begabung wohl nicht absprechen; es ist schon etwas daran; man sieht, dass er etwas ausdrücken wollte; was aber die Hauptsache betrifft …« und dann selbstverständlich einiges Lob hinzufügen, das keinem Künstler wohl bekommen wäre; er wollte es tun, aber die Worte erstarben auf seinen Lippen, Tränen und Schluchzen entrangen sich ihm und er stürzte wie ein Wahnsinniger aus dem Saal.

Eine Minute lang stand er regungslos und wie betäubt mitten in seinem großartigen Atelier. Sein tiefstes Wesen, sein ganzes Leben war in einem Augenblick erwacht, als wäre seine Jugend zurückgekehrt, als seien die erloschenen Funken seines Talents von neuem entfacht. Von seinen Augen fiel plötzlich die Binde. Oh Gott! So erbarmungslos die besten Jahre seiner Jugend zugrunde zu richten, den Funken des Feuers zu löschen, das vielleicht in seiner Brust geglüht hatte, das sich vielleicht jetzt in Majestät und Schönheit entwickelt und vielleicht ebensolche Tränen der Bewunderung und der Dankbarkeit hervorgerufen hätte! Dies alles zugrunde zu richten, ohne jede Rücksicht zugrunde zu richten! In diesem Augenblick schien die ganze Spannung, das ganze Streben seiner Seele, das er einst so gut gekannt hatte, wieder erwacht. Er ergriff den Pinsel und trat vor die Leinwand. Schweiß der Anstrengung trat ihm auf die Stirn; er verwandelte sich ganz in einen einzigen Wunsch, er entbrannte in einem einzigen Gedanken: er wollte einen gefallenen Engel darstellen. Dieses Thema entsprach am besten dem Zustand seiner Seele. Aber ach! Seine Figuren, Posen, Gruppierungen und Einfälle gerieten gezwungen und unharmonisch. Sein Pinsel und seine Phantasie hatten sich zu sehr in enge Grenzen eingeschlossen, und der ohnmächtige Versuch, alle Schranken und Fesseln, die er sich selbst auferlegt hatte, zu sprengen, erweckte den Eindruck von Fehlerhaftigkeit und Unnatur. Er hatte die ermüdend lange Stufenleiter der allmählich zu erwerbenden Kenntnisse und die ersten Elementargesetze der künftigen Größe missachtet. Er fühlte Verdruss. Er ließ all seine letzten Werke, all die leblosen Modebildchen, die Porträts von Husaren, Damen und Staatsräten aus seinem Atelier entfernen; er schloss sich allein in seinem Zimmer ein, befahl, niemanden vorzulassen, und versenkte sich ganz in die Arbeit. Wie ein geduldiger Jüngling, wie ein Schüler saß er an seiner Arbeit. Aber wie grausam undankbar war alles, was unter seinem Pinsel erstand! Auf jedem Schritt hemmte ihn die Unkenntnis der ursprünglichsten Elemente; die einfache bedeutungslose Technik kühlte seinen ganzen Eifer und stand vor seiner Phantasie als eine Schwelle, die sie nicht zu übertreten vermochte. Sein Pinsel wandte sich mechanisch den auswendiggelernten Formen zu, die Hände falteten sich immer auf die gleiche angelernte Weise, die Köpfe wagten es nicht, eine ungewöhnliche Stellung anzunehmen, selbst die Falten der Gewänder erinnerten an angelernte Formeln und wollten sich den ihnen unbekannten Körperstellungen nicht fügen. Und all das fühlte und sah er selbst!

»Habe ich aber wirklich einmal Talent gehabt?«, fragte er sich endlich, »habe ich mich nicht getäuscht?« Mit diesen Worten ging er auf seine früheren Werke zu, die er einst so keusch, so uneigennützig, dort, in der elenden Kammer auf der entlegenen Wassiljewskij-Insel geschaffen hatte, fern von allen Menschen, frei von Überfluss und Launen. Er ging nun auf sie zu und begann sie aufmerksam zu betrachten, und zugleich mit ihnen erstand vor ihm sein ganzes früheres ärmliches Leben. »Ja«, sagte er sich verzweifelt, »ich habe wohl Talent gehabt! Überall, an allem sehe ich seine Anzeichen und Spuren ...«

Er hielt inne und erzitterte plötzlich am ganzen Leib: seine Augen begegneten anderen Augen, die ihn regungslos anstarrten. Es war jenes ungewöhnliche Porträt, das er im Schtschukinschen Kaufhaus erstanden hatte. Es war die ganze Zeit über von anderen Bildern verstellt gewesen und ihm völlig aus dem Gedächtnis geschwunden. Aber jetzt, als all die modischen Porträts und Bilder, die sein Atelier gefüllt hatten, entfernt waren, blickte es plötzlich zugleich mit den früheren Werken seiner Jugend hervor. Als er sich der ganzen sonderbaren Geschichte des Bildes erinnerte, als er sich erinnerte, dass dieses seltsame Porträt gewissermaßen die Ursache seiner Wandlung gewesen war, dass der Schatz, den er auf eine so wunderbare Weise gewonnen, in ihm all die eitlen Regungen geweckt hatte, die sein Talent zugrunde gerichtet – verfiel er beinahe in Raserei. Er ließ das verhasste Porträt augenblicklich hinaustragen. Aber die seelische Erregung wollte sich trotzdem nicht legen: alle sein Gefühle, sein ganzes Wesen waren bis auf den Grund erschüttert, und er erfuhr jene entsetzliche Qual, die in der Natur nur als erstaunliche Ausnahme vorkommt, wenn ein schwaches Talent versucht, sich in einem Werk zu äußern, das sein Können übersteigt – jene Qual, die in der Seele des Jünglings auch Großes erzeugen kann, aber in einem Mann, der die Grenze der Jugendträume überschritten hat, sich in einen fruchtlosen Durst verwandelt – jene schreckliche Qual, die den Menschen zu äußersten Verbrechen fähig macht. Seiner bemächtigte sich ein entsetzlicher, an Raserei

Steidl
Herbst
2022
steidl.de

Liz Nugent
Auf der Lauer liegen
Roman
Aus dem Englischen
von Kathrin Razum
352 Seiten • € 28,00
ISBN 978-3-96999-108-4

Lydia Fitzsimons hat ein schönes Leben: sie wohnt in einem vornehmen Haus in Dublin, ist mit einem angesehenen Richter verheiratet, der sie anbetet, und hat einen Sohn, den sie abgöttisch liebt. Wären da nicht die finanziellen Sorgen, von denen niemand wissen darf, und wäre da nicht dieser eine brennende Wunsch, den ihr Mann Andrew ihr um jeden Preis erfüllen soll. Dass deshalb eine junge Frau ermordet wird und der Richter und seine Gattin in ihrem exquisiten Vorstadtgarten ein Grab schaufeln müssen, gehört allerdings nicht zum Plan …

»Ein grandioser psychologischer Thriller der ›neuen Königin des irischen Krimis‹«

Irish Independent

grenzender Neid. Die Galle trat ihm ins Gesicht, wenn er nur ein Werk erblickte, das den Stempel eines Talents trug. Er knirschte mit den Zähnen und verzehrte es mit den Blicken eines Basilisken. In seiner Seele entstand der teuflischste Plan, den ein Mensch je gehegt hat, und er begann ihn mit rasender Energie zu verwirklichen. Er fing an, alles Beste, was die Kunst je hervorgebracht, zusammenzukaufen. Sobald er ein gutes Bild um teures Geld erstanden, brachte er es behutsam in sein Zimmer, stürzte sich mit der Wut eines Tigers darüber, zerriss und zerschnitt es in Stücke und zertrampelte es mit den Füßen; das alles begleitete er mit einem wollüstigen Gelächter. Die zahllosen von ihm angehäuften Gelder lieferten ihm die Mittel, um dieses höllische Bedürfnis zu befriedigen. Er band all seine Geldsäcke auf und öffnete all seine Truhen. Kein Ungeheuer der Barbarei hat noch so viele herrliche Kunstwerke vernichtet wie dieser wütende Rächer. Auf allen Auktionen, bei denen er erschien, musste ein jeder jede Hoffnung auf den Erwerb eines Kunstwerks aufgeben. Es war, als hätte der erzürnte Himmel selbst diese furchtbare Geißel in die Welt geschickt, um ihr ihre ganze Harmonie zu nehmen. Diese fürchterliche Leidenschaft verlieh ihm ein grauenhaftes Kolorit: sein Gesicht war immer gelb vor Galle. Weltverachtung und Weltverleugnung spiegelten sich in seinen Zügen. In ihm hatte sich gleichsam jener schreckliche Dämon verkörpert, den Puschkin in idealisierter Gestalt geschildert hat. Aus seinem Mund kamen nichts als giftige Worte und ewiger Tadel. Er glich einer Harpye, und wenn ihn jemand, selbst einer von seinen Bekannten, auf der Straße von weitem erblickte, so beeilte er sich, ihm aus dem Weg zu gehen, denn eine solche Begegnung genügte, um einem Menschen den ganzen Tag zu vergällen.

Zum Glück für die Welt und für die Kunst konnte ein so gespanntes und gewalttätiges Leben nicht lange dauern: das Maß der Leidenschaften war für seine schwachen

Kräfte zu schwankend und zu kolossal. Anfälle von Raserei und Wahnsinn kamen immer öfter, und schließlich wurde das alles zu einer grausamen Krankheit. Ein heftiges Fieber, mit galoppierender Schwindsucht vereint, fiel so heftig über ihn her, dass von ihm schon nach drei Tagen nur ein Schatten übrig blieb. Dazu gesellten sich auch alle Anzeichen eines hoffnungslosen Irrsinns. Manchmal konnten ihn selbst mehrere Männer nicht festhalten. Die längst vergessenen, lebendigen Augen des ungewöhnlichen Porträts schwebten ihm immer öfter vor, und dann wurde seine Raserei ganz entsetzlich. Alle, die sein Krankenlager umstanden, erschienen ihm als grauenhafte Porträts. Das Porträt verdoppelte, vervierfachte sich vor seinen Augen; alle Wände schienen mit Porträts bedeckt zu sein, die in ihn ihre unbeweglichen, lebendigen Augen bohrten; fratzenhafte Porträts blickten von der Decke und vom Boden: das Zimmer dehnte und verlängerte sich in die Unendlichkeit, um möglichst viele dieser starrenden Augen fassen zu können.

Der Arzt, der sich verpflichtet hatte, ihn zu behandeln, und der schon einiges von seiner seltsamen Geschichte gehört hatte, gab sich alle Mühe, den geheimen Zusammenhang zwischen den Gespenstern, die jener sah, und den Ereignissen seines Lebens zu ergründen, brachte es aber nicht fertig. Der Kranke begriff und fühlte nichts außer seinen Qualen und gab nur fürchterliche Schreie und unverständliche Worte von sich. Endlich riss sein Lebensfaden in einem letzten, bereits lautlosen Schmerzensausbruch. Der Anblick seiner Leiche war schrecklich. Von seinen großen Reichtümern konnte man nichts finden; als man aber die zerschnittenen Stücke der erhabenen Kunstwerke fand, deren Wert Millionen überstieg, begriff man, was für einen entsetzlichen Gebrauch er von ihnen gemacht hatte.

II

Eine Menge Equipagen, Droschken und Kutschen stand vor der Einfahrt des Hauses, in dem die Auktion des Nachlasses eines jener reichen Kunstliebhaber stattfand, die, von Zephiren und Amoretten umschwebt, ihr ganzes Leben im süßen Schlummer verbracht und ohne ihr Dazutun den Ruhm von Mäzenen erworben haben, indem sie dazu in einfältigster Weise die Millionen verwandten, die ihre solideren Väter und oft sogar sie selbst durch frühere Arbeit angesammelt hatten. Solche Mäzene gibt es heute bekanntlich nicht mehr, und unser neunzehntes Jahrhundert hat schon längst die langweilige Physiognomie eines Bankiers angenommen, der seine Millionen nur in Gestalt einer auf dem Papier stehenden Reihe von Ziffern genießt. Der lange Saal war von einer bunten Besucherschar gefüllt, die wie die Raubvögel zu einem unbeerdigten Leichnam zusammengeflogen waren. Hier sah man eine ganze Flottille russischer Händler aus dem großen Kaufhaus und selbst vom Trödelmarkt in blauen deutschen Röcken. Ihr Aussehen und Gesichtsausdruck waren hier viel sicherer und freier und hatten nichts von der süßlichen Dienstfertigkeit, die der russische Kaufmann stets in seinem Laden vor dem Kunden zeigt. Hier achteten sie gar nicht auf ihre gesellschaftliche Stellung, obwohl sich im gleichen Saal eine Vielzahl von Aristokraten befand, vor denen sie an einem andern Ort bereit waren, mit ihren Bücklingen den Staub abzuwischen, den sie mit ihren eigenen Stiefeln hereingetragen hatten. Hier gaben sie sich ganz ungezwungen, betasteten ohne Umstände die Bücher und Bilder, um sich von der Güte der Ware zu überzeugen, und überboten kühn die Preise, die die gräflichen Experten nannten. Hier waren auch viele jener obligaten Liebhaber, die jeden Morgen statt des Frühstücks eine Auktion genießen; aristokratische Connaisseure, die es für ihre Pflicht halten, sich keine Gelegenheit entgehen zu lassen, um ihre Sammlung zu vergrößern, und die in der Zeit zwischen zwölf und eins nichts anderes zu tun haben; schließlich jene adeligen Herren, deren Kleider und Geldmittel gleich gering sind und die täglich ohne jede eigennützige Absicht herkommen, einzig um zu sehen, wie die Sache endet, wer mehr und wer weniger bietet, wer wen überbietet und wem was zufällt. Eine Unzahl von Bildern stand ohne jede Ordnung umher; dazwischen gab es auch Möbel und Bücher mit dem Monogramm ihres einstigen Besitzers, der vielleicht gar nicht das lobenswerte Interesse gehabt hatte, in sie hineinzublicken. Chinesische Vasen, marmorne Tischplatten, neue und alte Möbel mit geschwungenen Linien, mit Greifen, Sphinxen und Löwentatzen, vergoldete und nicht vergoldete Lüster und Lampen – alles war hier durcheinandergeworfen ohne die Ordnung, in der man diese Sachen in Kaufhäusern stehen sieht. Alles bildete ein Chaos der Künste. Das Gefühl, das wir beim Anblick einer Auktion empfinden, ist überhaupt beklemmend: sie gemahnt uns irgendwie an eine Beerdigung. Der Saal, in dem die Auktion stattfindet, ist immer düster; die von Möbeln und Bildern verstellten Fenster lassen nur spärliches Licht eindringen; das Schweigen, in dem alle Gesichter erstarrt sind, die Grabesstimme des Auktionators, der mit seinem Hammer klopft und eine Totenmesse für die hier auf eine so sonderbare Weise zusammengeratenen Künste zelebriert – dies alles scheint den unangenehmen Eindruck noch zu verstärken.

Die Auktion war in vollem Gange. Eine ganze Menge anständiger Menschen drängte sich dicht zusammen und tat sehr geschäftig. Die Rufe: »Noch ein Rubel! Noch ein Rubel! Noch ein Rubel!«, die von allen Seiten ertönten, ließen dem Auktionator keine Zeit, die schon vervierfachten Preise auszurufen. Die Leute ereiferten sich wegen eines Porträts, das die Aufmerksamkeit aller, die nur etwas

Verständnis für Malerei hatten, fesseln musste. Die hohe Meisterschaft des Malers kam darin unzweifelhaft zum Ausdruck. Das Porträt war offenbar schon einige Mal restauriert worden und stellte die dunklen Züge eines Asiaten im weiten Gewand, mit einem ungewöhnlichen, sonderbaren Gesichtsausdruck dar; am meisten staunten aber alle, die sich um das Porträt drängten, über die ungewöhnliche Lebendigkeit der Augen. Je länger man sie ansah, umso tiefer schienen sie einem ins Innere zu blicken. Diese Eigentümlichkeit, dieser ungewöhnliche Kunstgriff des Malers fesselte die Aufmerksamkeit fast aller. Viele von den Bewerbern waren schon zurückgetreten, weil der Preis ganz ungeheuerlich hinaufgetrieben worden war. Zuletzt blieben nur zwei Aristokraten, bekannte Kunstliebhaber übrig, von denen keiner auf eine solche Erwerbung verzichten wollte. Sie ereiferten sich und hätten den Preis wohl irrsinnig in die Höhe getrieben, wenn nicht plötzlich einer von den Zuschauern das Wort ergriffen hätte: »Gestatten Sie mir, dass ich Ihren Streit für eine Weile unterbreche: vielleicht habe ich mehr als irgend jemand ein Anrecht auf die Erwerbung dieses Porträts.«

Diese Worte lenkten sofort die Aufmerksamkeit aller auf den Sprechenden. Es war ein schlanker junger Mann von etwa fünfunddreißig Jahren, mit langen schwarzen Locken. Sein angenehmes, von heiterer Sorglosigkeit erfülltes Gesicht spiegelte eine Seele wider, der alle Aufregungen der großen Welt fern waren; seine Kleidung erhob keinerlei Anspruch auf Mode: alles zeugte von einem Künstler. Es war in der Tat der Maler B., den viele von den Anwesenden persönlich kannten.

»So seltsam Ihnen meine Worte auch erscheinen mögen«, fuhr er fort, als er die auf ihn gerichtete allgemeine Aufmerksamkeit sah, »werden Sie, wenn Sie sich entschließen, meine kurze Geschichte anzuhören, vielleicht doch einsehen, dass ich wohl das Recht dazu hatte, sie zu sprechen.

Alles bestärkt mich in der Gewissheit, dass dieses Porträt dasjenige ist, das ich suche.«

Eine durchaus natürliche Neugierde leuchtete in fast allen Augen auf, und der Auktionator selbst hielt mit dem Hammer in der erhobenen Hand inne und schickte sich an, zuzuhören. Zu Beginn der Erzählung wandten viele ihre Blicke dem Porträt zu, richteten sie aber dann in dem Maße auf den Erzähler allein, als seine Erzählung immer fesselnder wurde.

»Sie kennen den Stadtteil, den man Kolomna nennt«, so begann er. »Hier ist alles ganz anders als in den anderen Teilen Petersburgs: hier ist weder Hauptstadt noch Provinz. Wenn man in die Straßen von Kolomna kommt, glaubt man zu fühlen, wie man von allen jugendlichen Wünschen und Bestrebungen verlassen wird. Die Zukunft blickt hier nicht herein, hier ist alles still und außer Dienst – hier sammelt sich der Abhub der Hauptstadt. Hierher ziehen verabschiedete Beamte, Witwen, unbemittelte Menschen, die auf eine günstige Entscheidung vom Senat warten und sich daher selbst zum ständigen Aufenthalt in Kolomna verurteilt haben; Köchinnen außer Dienst, die sich den ganzen Tag auf den Märkten drängen, allerlei Unsinn mit dem Krämer im kleinen Laden zusammenschwatzen und jeden Tag für fünf Kopeken Kaffee und für vier Kopeken Zucker kaufen; schließlich die ganze Kohorte von Menschen, die man mit dem Wort ›aschgrau‹ bezeichnen kann; Menschen, deren Kleidung, Gesichter, Haare und Augen eine trübe aschgraue Färbung haben, wie ein Tag, der weder stürmisch, noch heiter, sondern weder das eine noch das andere ist: ein Nebel senkt sich herab und nimmt allen Gegenständen die Konturen. Hierzu sind auch entlassene Theaterdiener, verabschiedete Titularräte, ausrangierte Marssöhne mit ausgestochenem Auge und geschwollenen Lippen zu zählen. Diese Menschen sind absolut leidenschaftslos: sie gehen einher, ohne etwas anzuschauen, und schweigen, ohne an etwas zu denken. Sie haben in ihren Behausungen nicht viele Sachen stehen; ihre ganze Habe besteht oft aus einer Flasche reinen russischen Wodkas, den sie den ganzen Tag ununterbrochen saufen, ohne dass er ihnen in den Kopf steigt – ein Vergnügen, das sich sonst an Sonntagen die deutschen Handwerksburschen leisten, diese Studenten der Mjeschtschanskaja-Straße, die ihre Herrschaft über das ganze Trottoir antreten, sobald Mitternacht vorüber ist.

Das Leben in Kolomna ist furchtbar still; nur selten sieht man hier eine Equipage fahren, in der höchstens Schauspieler sitzen und die einzig durch ihr Gepolter und Gerassel die allgemeine Stille stört. Hier gehen alle zu Fuß; die Droschkenkutscher fahren oft ohne Fahrgäste mit einer Ladung Heu für ihre zottigen Mähren. Eine Wohnung kann man hier schon für fünf Rubel im Monat finden, sogar mit Morgenkaffee. Die Witwen, die von der Pension leben, bilden die hiesige Aristokratie; sie führen sich anständig auf, kehren ihre Stuben oft und unterhalten sich mit ihren Freundinnen über die hohen Fleisch- und Kohlpreise; sie haben oft eine junge Tochter, ein schweigsames, stilles, manchmal anmutiges Geschöpf, ein abscheuliches Hündchen sowie eine Wanduhr mit traurig tickendem Pendel. Dann kommen die Schauspieler, denen ihr Gehalt nicht erlaubt, in einen anderen Stadtteil zu ziehen, ein freies Volk, das, wie alle Künstler, nur dem Genuss lebt. So ein Schauspieler sitzt im Schlafrock da, repariert eine Pistole, klebt aus Pappe allerlei im Haushalt nützliche Sächelchen, spielt mit einem Freund, der ihn besucht, Dame oder Karten und verbringt damit den ganzen Vormittag; ebenso verbringt er auch den Abend, nur dass er sich am Abend manchmal auch noch einen Punsch leistet. Nach diesen Aristokraten und großen Tieren von Kolomna folgt ein ungewöhnlich niedriges Gesindel. Es ist ebenso schwer, alle diese Leute zu nennen, wie die Lebewesen aufzuzählen, die in altem Essig keimen. Es gibt hier alte Weiber, welche beten, alte Weiber, welche saufen; alte Weiber, welche zugleich beten und saufen; alte Weiber, die sich auf eine unerklärliche Weise durchschlagen, die wie Ameisen Bündel alter Lumpen und Wäsche von der Kalinkin-Brücke zum Trödelmarkt schleppen, nur um sie dort für fünfzehn Kopeken zu verkaufen; mit einem Wort, die unglücklichste Hefe der Menschheit, deren Lage zu verbessern selbst der wohltätigste Volkswirtschaftler keine Mittel wüsste.

Ich habe das alles aufgezählt, um Ihnen zu zeigen, wie oft diese Leute in die Lage kommen, rasche, zeitweilige Hilfe zu suchen und Anleihen machen zu müssen; darum lassen sich unter ihnen Wucherer eigener Art nieder, die ihnen kleine Darlehen gegen Pfand und hohe Zinsen geben. Diese kleinen Wucherer sind oft unvergleichlich viel herzloser als die großen, weil sie ihre Tätigkeit unter lauter Bettlern ausüben, die ihre Lumpen zur Schau tragen, welche ein reicher Wucherer, der nur mit Leuten, die ihn in Equipagen besuchen, zu tun hat, nie zu Gesicht bekommt. Darum erstirbt in ihren Herzen allzu früh jedes menschliche Gefühl. Unter diesen Wucherern gab es einen … aber ich muss vorausschicken, dass die Geschichte, die ich Ihnen erzähle, ins vergangene Jahrhundert, und zwar in die Regierungszeit der verstorbenen Zarin Katharina II. gehört. Sie können sich selbst denken, dass das Aussehen und das innere Leben von Kolomna sich inzwischen erheblich verändert haben muss. Unter den Wucherern gab es also einen, ein in jeder Hinsicht ungewöhnlicher Mann, der sich in diesem Stadtteil schon seit langer Zeit niedergelassen hatte. Er kleidete sich in weite asiatische Gewänder; seine dunkle Gesichtsfarbe zeugte von seiner südlichen Herkunft; welcher Nation er aber angehörte, ob er ein Inder, Grieche oder Perser war, das wusste niemand sicher. Der erstaunlich hohe Wuchs, das dunkle, hagere, sonnenverbrannte Gesicht von einer unergründlichen Farbe, die großen, unheimlich glühenden Augen, die überhängenden dichten Brauen unterschieden ihn scharf und krass von allen aschgrauen Bewohnern der Hauptstadt. Selbst seine Behausung glich gar nicht den kleinen hölzernen Häusern. Es war ein steinerner Bau von der Art, wie sie einst die genuesischen Kaufleute in großer Zahl errichteten, mit unregelmäßigen Fenstern verschiedener Größe und eisernen Läden und Riegeln. Dieser Wucherer unterschied sich von allen anderen schon dadurch, dass er imstande war, einem jeden, vom ärmsten alten Weib bis zum verschwenderischen Höfling, jede beliebige Summe zu verschaffen. Vor seinem Haus erschienen oft die glänzendsten Equipagen, aus denen manchmal der Kopf einer eleganten Weltdame herausblickte. Das Gerücht behauptete natürlich, dass seine eisernen Truhen ungezählte Haufen von Geld, Wertsachen, Brillanten und allerlei Pfänder enthielten, dass ihm aber die Habgier, die die anderen Wucherer auszeichne, fremd sei. Er gab das Geld gern her, teilte die Zahlungstermine scheinbar günstig ein, ließ aber die Zinsen mittels sonderbarer arithmetischer Operationen in schwindelhafte Höhe steigen. Das behauptete wenigstens das Gerücht. Was aber am seltsamsten war und viele in Erstaunen setzen musste, war das sonderbare Schicksal aller, die von ihm Geld erhielten; sie beschlossen alle ihr Leben auf eine elende Weise. Ob es bloß die allgemeine Meinung der Menschen war, ein dummes abergläubisches Geschwätz oder ein mit Absicht verbreitetes Gerücht – das blieb unbekannt. Aber einige Fälle, die sich im kurzer Zeit vor den Augen aller abspielten, waren jedem gegenwärtig und verblüffend.

Unter den damaligen Aristokraten fiel besonders ein Jüngling aus bester Familie auf, der sich schon in jungen Jahren im Staatsdienst ausgezeichnet hatte, ein leidenschaftlicher Verehrer alles Wahren und Erhabenen, ein Eiferer für alles, was die Kunst und der Geist des Menschen gezeugt haben, ein künftiger Mäzen. Er wurde bald auch von der Zarin nach Verdienst ausgezeichnet, die ihn mit einem wichtigen Posten betraute, der durchaus seinen eigenen Ansprüchen genügte – einem Posten, in dem er für die Wissenschaften und für alles Gute viel tun konnte. Der junge Würdenträger umgab sich mit Künstlern, Dichtern und Gelehrten. Er wollte allen Arbeit geben, alle fördern. Er unternahm auf eigene Kosten eine Menge nützlicher Veröffentlichungen, vergab eine Menge von Aufträgen, schrieb verschiedene Preise aus, verausgabte für diese Zwecke einen Haufen Geld und geriet schließlich in Schwierigkeiten. Von großmütigem Streben erfüllt, wollte er sein Werk jedoch nicht aufgeben und suchte überall nach Darlehen; schließlich wandte er sich an den uns bekannten Wucherer. Nachdem er von ihm ein bedeutendes Darlehen erhalten hatte, veränderte sich dieser junge Mensch in kürzester Zeit: er wurde zum Unterdrücker und Verfolger aller aufstrebenden Geister und Talente. In allen Werken sah er nur die Schattenseiten und missdeutete jedes Wort. Unglücklicherweise brach gerade die Französische Revolution aus. Das diente ihm als Vorwand für allerlei Gemeinheiten. Er fing an, in allen Dingen eine revolutionäre Gesinnung zu sehen und überall Anspielungen zu wittern. Er wurde so argwöhnisch, dass er zuletzt sich selbst verdächtigte; er schenkte jeder üblen, ungerechten Denunziation Gehör und trieb viele Menschen ins Unglück. Selbstverständlich mussten solche Handlungen schließlich auch dem Thron bekannt werden. Die großmütige Zarin entsetzte sich und sprach, von Edelmut beseelt, der die Träger der Krone ziert, Worte, die uns zwar nicht genau überliefert werden konnten, deren tiefster Sinn sich aber den Herzen vieler eingeprägt hatte. Die Zarin bemerkte, dass es nicht die monarchische Regierung sei, die die hohen und edlen Seelenregungen und die Schöpfungen des Geistes, der Dichtung und der Künste unterdrücke und verfolge; dass vielmehr die Monarchen allein ihre Beschützer gewesen seien; dass die Shakespeares und Molières sich ihres hochherzigen Schutzes erfreut hätten, während Dante in seiner republikanischen Heimat kein Obdach hätte finden können; dass die wahren Genies stets in den Perioden des Glanzes und der Macht der Staaten und der Herrscher aufgekommen seien, nicht aber in den Zeiten hässlicher politischer Erscheinungen und republikanischer Schreckensherrschaft, die der Welt noch keinen einzigen wahren Dichter geschenkt habe; dass man die Dichter und Künstler auszeichnen müsse, weil sie doch den Seelen nur Ruhe und den schönsten Frieden einflößten, nicht aber Aufruhr und Murren; dass die Gelehrten, Dichter und alle schaffenden Künstler Perlen und Diamanten in der kaiserlichen Krone seien: sie schmücken und erleuchten das Zeitalter des großen Fürsten. Mit einem Wort, die Zarin, die diese Worte sprach, war in jenem Augenblick von einer göttlichen Schönheit. Ich erinnere mich, dass die alten Leute davon nicht ohne Tränen sprechen konnten. Alle zeigten große Teilnahme für den ungewöhnlichen Fall. Zur Ehre unseres Volkes muss bemerkt werden, dass dem russischen Herzen stets die Neigung innewohnt, die Partei des Unterdrückten zu ergreifen. Der Würdenträger, der das ihm geschenkte Vertrauen missbraucht hatte, wurde exemplarisch bestraft und seines Postens enthoben. Aber eine weit strengere Strafe las er in den Mienen seiner Mitbürger: es war eine entschiedene und allgemeine Verachtung. Es lässt sich gar nicht sagen, wie schwer seine ehrgeizige Seele darunter litt: Stolz, gekränkte Eigenliebe, zerplatzte Hoffnungen – alles hatte sich vereinigt, und sein Lebensfaden riss unter Anfällen eines schrecklichen Wahnsinns.

Ein weiterer erstaunlicher Fall spielte sich ebenfalls vor aller Augen ab: unter den Schönen, an denen unsere nördliche Hauptstadt damals gar nicht arm war, übertraf eine alle die anderen. Es war eine eigenartig herrliche Verbindung unserer Schönheit des Nordens mit der Schönheit des Südens – ein Diamant, wie man ihn nur selten findet. Mein Vater pflegte zu sagen, er hätte in seinem Leben niemals etwas Ähnliches gesehen. Alles schien sich in ihr vereinigt zu haben: Reichtum, Geist und seelische Schönheit. Eine große Schar von Bewerbern umschwärmte sie, und unter diesen fiel besonders der Fürst R. auf, der Edelste und Beste von allen jungen Leuten, der Schönste von Angesicht wie auch von ritterlicher Gesinnung, das hohe Ideal der Romane und der Frauen. Ein Grandison in jeder Beziehung. Fürst R. war leidenschaftlich und wahnsinnig verliebt; eine gleiche Liebe wurde ihm auch von ihr entgegengebracht. Aber ihren Verwandten erschien die Partie nicht standesgemäß. Die Erbgüter des Fürsten gehörten ihm schon längst nicht mehr, die Familie war in Ungnade gefallen und die schlechte Vermögenslage war allen bekannt. Plötzlich verlässt der Fürst die Hauptstadt, um seine Verhältnisse in Ordnung zu bringen, und kehrt nach kurzer Zeit von einem unerhörten Reichtum und Glanz umgeben zurück. Die glänzenden Bälle und Feste, die er gibt, erregen selbst bei Hofe Aufsehen. Der Vater der Schönen schenkt ihm seine Huld, und die Stadt erlebt die aufwändigste Hochzeit. Woher diese Wandlung und der unerhörte Reichtum des Bräutigams kamen, vermochte niemand zu erklären; aber man erzählte sich, dass er irgendein Abkommen mit dem rätselhaften Wucherer getroffen und von ihm ein größeres Darlehen bekommen habe. Wie dem auch war, die ganze Stadt interessierte sich für diese Hochzeit, und Braut und Bräutigam wurden zum Gegenstand des allgemeinen Neides. Allen war ihre glühende, treue Liebe bekannt, die langen Qualen, die sie zu erdulden gehabt hatten, und die hohen Vorzüge der beiden. Heißblütige Frauen malten sich im Voraus die paradiesischen Wonnen aus, die die jungen Ehegatten genießen sollten. Es kam aber alles anders. In einem Jahr vollzog sich in dem Gatten eine abstoßende Wandlung. Sein bis dahin so edler und schöner Charakter wurde auf einmal von argwöhnischer Eifersucht, von Unduldsamkeit und ewigen Launen vergiftet. Er wurde zum Tyrannen und Peiniger seiner Frau und ließ sich sogar, was niemand vorausgesehen hatte, zu den unmenschlichsten Handlungen und selbst zu Schlägen hinreißen. Nach einem Jahr schon hätte niemand die Frau wiedererkennen können, die noch vor kurzem so geglänzt und ganze Scharen ergebener Verehrer angezogen hatte. Endlich hatte sie nicht mehr die Kraft, das schwere Los länger zu ertragen, und brachte selbst die Rede auf Scheidung. Der Mann geriet schon beim bloßen Gedanken daran in Raserei. Im ersten Wutausbruch stürzte er mit einem Messer in der Hand in ihr Zimmer und hätte sie zweifellos erstochen, wenn man ihn nicht rechtzeitig ergriffen und daran verhindert hatte. In einem Anfall von Wut und Verzweiflung wandte er nun das Messer gegen sich selbst und beschloss sein Leben in den entsetzlichsten Qualen.

Außer diesen beiden Fällen, die sich vor den Augen der ganzen Gesellschaft zugetragen hatten, berichtete man noch von einer ganzen Reihe anderer, die sich in den niederen Gesellschaftsschichten abgespielt und die fast alle ebenso erschütternd geendet hatten. In einem Fall war ein ehrlicher nüchterner Mensch zu einem Trunkenbold geworden; in einem anderen begann ein Kaufmannsgehilfe seinen Herrn zu bestehlen; in einem dritten erstach ein Fuhrmann, der diesen Beruf einige Jahre ehrlich ausgeübt hatte, wegen eines Groschens seinen Fahrgast. Selbstverständlich hatten solche Erzählungen, die oft nicht ohne Übertreibungen wiedergegeben wurden, den bescheidenen Bewohnern von Kolomna unwillkürliche Angst eingejagt. Niemand zweifelte, dass in diesem Menschen ein unsauberer Geist wohnte. Man erzählte sich, dass er Bedingungen stellte, vor denen einem die Haare zu Berge stiegen und die keiner der Unglücklichen einem anderen mitzuteilen wagte; dass sein Geld die Hand verbrenne, von selbst glühend werde und mit irgendwelchen seltsamen Zeichen versehen war … Kurzum, es gab über ihn viele unsinnige Gerüchte. Es ist bemerkenswert, dass die Bevölkerung von Kolomna, diese ganze Welt der armen alten Frauen, kleinen Beamten, kleinen Schauspieler und der übrigen kleinen Leute, die wir eben aufgezählt haben, es vorzog, eher die bitterste Not zu leiden, als sich an den grässlichen Wucherer zu wenden; man fand sogar verhungerte alte Frauen auf, die lieber ihr Fleisch getötet hatten, als ihre Seelen zu verderben. Wenn man ihm auf der Straße begegnete, empfand man ein unmittelbares Grauen. Die Fußgänger wichen scheu zurück und sahen ihm dann noch mehrmals nach, wie seine unglaublich hohe Gestalt in der Ferne verschwand. Schon in seinem Äußeren lag so viel Ungewöhnliches, dass ihm ein jeder unweigerlich übernatürliche Fähigkeiten zuschrieb. Diese starken Züge, so tief wie bei keinem anderen Menschen eingemeißelt; diese glühende bronzene Gesichtsfarbe; diese ungewöhnlich buschigen Augenbrauen, die unerträglichen, Furcht erregenden Augen, selbst die weiten Falten seines asiatischen Gewandes – alles schien zu sagen, dass vor den Leidenschaften, die diesen Körper bewegten, alle Leidenschaften der anderen Menschen verblassten. Mein Vater blieb regungslos stehen, sooft er ihm begegnete, und konnte sich niemals der Worte enthalten: ›Der Teufel, der leibhaftige Teufel!‹ Aber ich muss Sie jetzt schnell mit meinem Vater bekannt machen, der nebenbei bemerkt die Hauptperson in meiner Geschichte ist.

Mein Vater war ein in vielen Beziehungen merkwürdiger Mensch. Er war ein Maler, wie es ihrer wenige gibt – eines der Wunder, wie sie nur dem jungfräulichen Schoß Russlands entstammen, ein Autodidakt, der ganz von selbst, ohne Schule und Lehrer, in seiner Seele alle Gesetze und Regeln gefunden hatte, nur vom Drang nach Vervollkommnung beseelt, ein Mensch, der aus Gründen, die ihm selbst vielleicht unbekannt waren, nur den einen, ihm von seiner Seele gewiesenen Weg ging; eines jener ursprünglichen Wunder, die die Zeitgenossen oft mit dem verletzenden

Wort ›Ignorant‹ versehen und die, ohne sich durch die Beschimpfungen und die eigenen Misserfolge entmutigen zu lassen, immer neuen Eifer und neue Kräfte finden und sich in ihrer Seele weit von den Werken entfernen, die ihnen den Titel ›Ignorant‹ einbrachten. Durch einen hochentwickelten inneren Instinkt fühlte er in jedem Gegenstand den ihm innewohnenden Gedanken – er erfasste ganz von selbst den wahren Sinn des Wortes ›Historienmalerei‹; er begriff, warum ein einfacher Kopf, ein einfaches Porträt Raffaels, Leonardos, Tizians oder Correggios als Historienmalerei gelten durfte und warum manches Riesengemälde mit historischem Inhalt ein bloßes ›tableau de genre‹ sei, trotz aller Ansprüche des Malers auf Historie. Sein inneres Gefühl wie auch seine eigene Überzeugung ließen seinen Pinsel sich christlichen Sujets zuwenden, der höchsten und letzten Stufe des Erhabenen. Er kannte weder Ehrgeiz noch Reizbarkeit, die den Charakter so vieler Maler auszeichnen. Er war ein fester Charakter, ein ehrlicher, offener Mensch, äußerlich etwas grob, auch nicht ohne Stolz, und urteilte über alle Menschen zugleich milde und streng. ›Was soll ich mich um sie kümmern‹, pflegte er zu sagen: ›Ich arbeite ja nicht für sie. Ich werde meine Werke nicht in den Salon tragen. Wer mich versteht, der wird mir danken, und wer mich nicht versteht, der wird vor dem Bild auch so zu Gott beten. Man darf einem Menschen aus der vornehmen Gesellschaft nicht vorwerfen, dass er nichts von Malerei versteht: dafür versteht er sich auf Karten, auf guten Wein und auf Pferde; was braucht so ein vornehmer Herr noch mehr zu verstehen? Wenn er von solchen Dingen kostet und dann zu klügeln anfängt, so wird er erst recht unangenehm werden! Jedem das Seine, möge sich jeder mit seinen Sachen beschäftigen. Was mich betrifft, so ist mir ein Mensch, der offen erklärt, dass er gar nichts versteht, lieber als einer, der heuchelt und behauptet, Dinge zu verstehen, die er nicht versteht, und nur alles verdirbt und verunreinigt.‹ Er arbeitete gegen eine bescheidene Bezahlung, also gegen eine, die ihm gerade noch ausreichte, um seine Familie zu ernähren und seine eigene Arbeitskraft zu erhalten. Außerdem verweigerte er niemals einem anderen Künstler die Hilfe; er hatte noch den einfachen, frommen Glauben seiner Vorfahren, und vielleicht darum erschien in den von ihm gemalten Antlitzen von Heiligen ganz von selbst jener erhabene Ausdruck, den selbst manche glänzende Talente nicht zu erreichen vermögen. Schließlich errang er durch seine beharrliche Arbeit und das Festhalten am Weg, den er sich selbst vorgezeichnet, auch die Achtung derjenigen, die ihn einen Ignoranten und einen hausbackenen Autodidakten nannten. Er bekam fortwährend Aufträge, Kirchenbilder zu malen, und die Arbeit riss bei ihm niemals ab. Eine dieser Arbeiten fesselte ihn ganz besonders. Ich kann mich an das Sujet nicht mehr genau erinnern, ich weiß nur, dass auf dem Bild der Geist der Finsternis dargestellt werden sollte. Lange überlegte er sich, welche Gestalt ihm zu geben sei: er wollte in seinem Gesicht alles Schwere und den Menschen Bedrückende verkörpern. Während solcher Überlegungen ging ihm zuweilen die Gestalt des geheimnisvollen Wucherers durch den Sinn, und er dachte sich unwillkürlich: ›Der wäre doch das beste Modell für den Teufel!‹ Stellen Sie sich nun sein Erstaunen vor, als eines Tages, wie er in seinem Atelier arbeitete, an die Tür geklopft wurde und der schreckliche Wucherer bei ihm eintrat. Er fühlte, wie ein Zittern durch seinen ganzen Körper lief.

›Bist du Maler?‹, fragte jener ganz ohne Umstände.

›Ja, ich bin Maler‹, antwortete mein Vater verdutzt und wartete, was nun kommen würde.

›Gut. Male mein Porträt. Vielleicht werde ich bald sterben, und Kinder habe ich nicht; aber ich will nicht ganz sterben, ich will leben. Kannst du mein Porträt so malen, dass es wie lebendig wäre?‹

Mein Vater dachte sich: ›Was kann ich mir Besseres wünschen? Er will mir selbst für den Teufel auf meinem Bild sitzen.‹ Er versprach es ihm. Sie einigten sich über die Zeit und den Preis, und schon am nächsten Tag nahm mein Vater Palette und Pinsel und begab sich zu ihm. Der von hohen Mauern eingefasste Hof, Hunde, eiserne Türen und Riegel, bogenförmige Fenster, mit merkwürdigen Teppichen bedeckte Truhen und schließlich auch der sonderbare Hauswirt selbst, der bewegungslos vor ihm saß – das alles machte auf meinen Vater einen seltsamen Eindruck. Die Fenster waren wie absichtlich unten so verstellt und verbarrikadiert, dass das Licht nur von oben hereindrang. ›Hol's der Teufel, wie gut ist jetzt sein Gesicht beleuchtet!‹, sagte sich mein Vater und begann fieberhaft zu malen, als fürchtete er, dass die günstige Beleuchtung verschwinden könnte. ›Diese Kraft!‹, sagte er vor sich hin: ›Wenn ich ihn auch nur halb so ähnlich darstelle, wie ich ihn jetzt sehe, so erschlägt er alle meine Heiligen und Engel: sie werden vor ihm erblassen. Diese teuflische Kraft! Er wird mir einfach aus der Leinwand springen, wenn ich der Natur auch nur ein wenig treu bleibe. – Was für ungewöhnliche Züge!‹, wiederholte er fortwährend vor sich hin, seinen Eifer verdoppelnd, und schon sah er einige der Züge auf der Leinwand erstehen. Je mehr er sich ihnen aber näherte, ein umso schwereres, bangeres Gefühl, das ihm selbst unverständlich war, bemächtigte sich seiner. Aber er nahm sich doch vor, jeden noch so unmerklichen Zug und Ausdruck zu verfolgen. Vor allem machte er sich an die Ausarbeitung der Augen. In diesen Augen lag so viel Kraft, dass es zunächst undenkbar schien, sie so wiederzugeben, wie sie in der Natur waren. Aber er entschloss sich, koste es, was es wolle, in ihnen jeden feinsten Strich und Ton aufzuspüren, ihr Geheimnis zu ergründen … Kaum hatte er aber angefangen, sich mit seinem Pinsel in sie zu vertiefen, als in seiner Seele ein so seltsamer Abscheu, ein so unerklärliches drückendes Gefühl erwachte, dass er den Pinsel für eine Weile weglegen musste, ehe er weitermalen konnte. Schließlich ertrug er es nicht länger: er fühlte, wie sich diese Augen in seine Seele bohrten und in ihr eine unfassbare Unruhe weckten. Am zweiten und am dritten Tag war dieses Gefühl noch schauerlicher. Es wurde ihm unheimlich zumute. Er warf den Pinsel weg und sagte sehr entschieden, dass er nicht weitermalen könne. Man muss gesehen haben, wie sich der schreckliche Wucherer bei diesen Worten veränderte. Er fiel meinem Vater zu Füßen und flehte ihn an, das Porträt zu vollenden, indem er sagte, dass davon sein Schicksal und sein Dasein in der Welt abhänge; dass mein Vater mit seinem Pinsel schon seine lebendigen Züge erfasst habe; dass, wenn er sie treu wiedergeben würde, sein Leben durch eine übernatürliche Kraft im Bild festgehalten sein werde; dass er dann nicht ganz sterben werde; dass er noch länger in der Welt bleiben müsse. Mein Vater empfand tiefes Grauen: diese Worte erschienen ihm so seltsam und gespenstisch, dass er Pinsel und Palette wegwarf und Hals über Kopf aus dem Zimmer stürzte.

Die Erinnerung daran peinigte ihn den ganzen Tag und die ganze Nacht, am Morgen bekam er aber das Porträt zurück; eine Frau, das einzige Wesen, das bei dem Wucherer diente, brachte es ihm; sie erklärte, dass ihr Herr das Porträt weder haben noch bezahlen wolle und es meinem Vater zurückschicke. Am Abend des gleichen Tages erfuhr mein Vater, dass der Wucherer gestorben war und dass man Anstalten machte, ihn nach den Gebräuchen seiner Religion zu beerdigen. Das alles kam ihm unbegreiflich und seltsam vor. Indessen begann im Charakter meines Vaters von diesem Tage an eine merkliche Veränderung: er fühlte sich von einer bangen Unruhe ergriffen, deren Ursache ihm selbst ein Rätsel war, und ließ sich bald darauf zu einer Tat herbei, die von ihm kein Mensch erwartet hätte. Seit einiger Zeit hatten die Arbeiten eines seiner Schüler angefangen, die Aufmerksamkeit eines kleinen Kreises von Kennern und Liebhabern auf sich zu ziehen. Mein Vater hatte sein Talent schon früher erkannt und ihm daher sein besonderes Wohlwollen geschenkt. Plötzlich fühlte er Neid gegen diesen Schüler. Die allgemeine Teilnahme und das Gerede wurden ihm unerträglich. Das Maß seines Ärgers wurde aber voll, als er erfuhr, dass der Schüler den Auftrag erhalten hatte, ein Bild für eine neuerbaute reiche Kirche zu malen. Das machte ihn wütend. ›Nein, dieser Milchbart darf nicht triumphieren!‹, sagte er: ›Du bist noch zu jung, Bruder, um einen Alten zu blamieren! Ich habe ja noch, Gott sei Dank, Kraft genug. Wir wollen sehen, wer hier wen blamieren wird.‹ Und der aufrechte, herzensreine Mann wandte allerlei Intrigen und Ränke an, die er bisher verabscheut hatte; schließlich setzte er es durch, dass für das Bild ein Wettbewerb ausgeschrieben wurde und dass auch andere Künstler ihre Arbeiten einliefern durften. Dann schloss er sich in seinem Zimmer ein und machte sich mit Feuereifer an die Arbeit. Er schien all seine Kräfte und sein ganzes Selbst in das Bild hineinlegen zu wollen. Und es wurde daraus in der Tat eines seiner besten Werke. Niemand zweifelte, dass er der Sieger im Wettstreit sein würde. Alle Bilder waren eingeliefert, und alle unterschieden sich von dem seinen wie die Nacht vom Tag. Plötzlich aber machte eines der Mitglieder der Kommission, wenn ich nicht irre eine geistliche Amtsperson, eine Bemerkung, die alle verblüffte. ›Das Bild des Künstlers zeugt allerdings von viel Talent‹, sagte er, ›aber den Gesichtern fehlt die Heiligkeit; im Gegenteil, in den Augen steckt etwas Dämonisches, als hätte ein unsauberes Gefühl seinen Pinsel geleitet.‹ Alle sahen das Bild noch einmal an und mussten sich von der Richtigkeit dieser Worte überzeugen. Mein Vater stürzte auf das Bild zu, als wollte er die Stichhaltigkeit der verletzenden Bemerkung nachprüfen, und sah mit Entsetzen, dass er fast allen Gesichtern die Augen des Wucherers verliehen hatte.

Sie blickten so dämonisch und vernichtend, dass er selbst unwillkürlich zusammenfuhr. Das Bild wurde zurückgewiesen, und mein Vater musste zu seinem unbeschreiblichen Verdruss hören, dass sein Schüler den Sieg davongetragen hatte. Die Wut, in der er nach Hause zurückkehrte, lässt sich gar nicht beschreiben. Beinahe hätte er meine Mutter geschlagen; er jagte die Kinder hinaus, zerbrach all seine Pinsel und die Staffelei, riss das Porträt des Wucherers von der Wand und ließ sich ein Messer geben und im Kamin Feuer machen, in der Absicht, das Porträt in Stücke zu schneiden und zu verbrennen. Bei diesem Vorhaben traf ihn ein Freund, der zufällig ins Zimmer trat, ein Maler gleich ihm, ein lustiger Patron, der mit sich stets zufrieden war, nach keinen hohen Zielen strebte, vergnügt jede Arbeit machte, die sich ihm gerade bot, und mit noch größerem Vergnügen sich an einem Schmaus und Zechgelage beteiligte.

›Was machst du da? Was willst du verbrennen?‹, fragte er und trat an das Porträt heran. ›Erlaube doch, es ist eines deiner besten Werke. Das ist der vor kurzem gestorbene Wucherer; es ist ein höchst vollkommenes Werk. Du hast den Mann nicht bloß getroffen, du bist ihm auch in die Augen eingedrungen. Die Augen haben selbst bei seinen Lebzeiten niemals so geblickt wie sie bei dir blicken!‹

›Ich will mal sehen, wie sie im Feuer blicken werden!‹, sagte mein Vater und machte eine Bewegung, um das Porträt in den Kamin zu werfen.

›Halt ein, um Gottes willen!‹, sagte der Freund, indem er ihm in den Arm fiel. ›Gib es dann lieber mir, wenn es dein Auge so sehr beleidigt.‹ Mein Vater weigerte sich anfangs, willigte aber schließlich doch ein, und der lustige Patron trug, über seine Erwerbung sehr erfreut, das Porträt heim.

Als er fort war, fühlte sich mein Vater plötzlich ruhiger. Es war, als wäre ihm zugleich mit dem Porträt eine schwere Last vom Herzen genommen. Er wunderte sich nun selbst über seine Gehässigkeit, seinen Neid und die offensichtliche Veränderung seines Charakters. Als er sich seine Handlungsweise überlegt hatte, spürte er Trauer in seiner Seele und sagte sich nicht ohne Zerknirschung: ›Nein, das war eine Strafe Gottes; mein Bild ist mit Recht unterlegen. Es war mit der Absicht begonnen worden, meinen Nächsten zugrunde zu richten. Das dämonische Gefühl des Neids hat meinen Pinsel geleitet, und ein dämonisches Gefühl hat sich auch dem Bild mitgeteilt.‹ Er suchte sofort seinen früheren Schüler auf, umarmte ihn, bat ihn um Verzeihung und gab sich jede Mühe, sein Vergehen wieder gut zu machen. Nun konnte er wieder ruhig arbeiten, aber sein Gesicht zeigte immer wieder einen nachdenklichen Ausdruck. Er betete immer mehr, war öfter schweigsam und urteilte nicht mehr so streng über die Menschen; selbst seine äußeren Umgangsformen wurden milder. Bald darauf erschütterte ihn ein Ereignis noch mehr. Er hatte seinen Freund, der sich das Porträt von ihm erbettelt hatte, lange nicht gesehen. Schon wollte er ihn aufsuchen, als jener plötzlich selbst zu ihm ins Zimmer trat. Nach einigen Worten und Fragen von beiden Seiten sagte jener: ›Nicht umsonst hast du das Porträt verbrennen wollen, Bruder. Hol es der Teufel, es ist etwas Unheimliches darin … Ich glaube nicht an Hexerei, aber in diesem Porträt steckt, du magst sagen, was du willst, etwas Teuflisches …‹

›Wieso?‹, fragte mein Vater.

›Gleich nachdem ich es bei mir im Zimmer aufgehängt hatte, beschlich mich eine ständige Bedrückung, als ob ich jemanden erstechen wollte. Mein Lebtag habe ich nicht gewusst, was Schlaflosigkeit ist, jetzt aber habe ich nicht nur die Schlaflosigkeit kennen gelernt, sondern auch solche Träume, dass … Ich vermag selbst nicht zu sagen, ob es bloß Träume sind oder etwas anderes: es ist mir, wie wenn ein Teufel mich würgte, und dabei sehe ich immer den verfluchten Alten vor mir. Mit einem Wort, ich kann dir meinen Zustand gar nicht beschreiben. Etwas Ähnliches habe ich noch nie erlebt. Alle diese Tage irrte ich wie ein Verrückter herum: ich spürte fortwährend eine seltsame Angst, irgendetwas Unangenehmes lauerte ständig. Ich wusste, dass ich kein einziges lustiges, aufrichtiges Wort sprechen konnte; es war mir, als ob in mir ein Spion säße. Erst als ich das Porträt meinem Neffen schenkte, der selbst danach verlangte, war es mir, als ob mir ein Stein vom Herzen gefallen wäre: plötzlich fühlte ich mich wieder lustig, wie du mich jetzt siehst. Ja, Bruder, einen schönen Teufel hast du da gemalt!‹

Mein Vater hörte seinen Bericht mit gespannter Aufmerksamkeit an und fragte schließlich: ›Befindet sich das Porträt jetzt bei deinem Neffen?‹

›Ach was, beim Neffen! Der hielt es auch nicht aus!‹, sagte der lustige Patron. ›Die Seele des Wucherers scheint ins Porträt gefahren zu sein: er springt aus dem Rahmen, läuft durchs Zimmer, und was mein Neffe über ihn erzählt, ist einfach unfassbar. Ich würde ihn für verrückt halten, wenn ich es nicht auch selbst erlebt hätte. Er hat das Porträt irgendeinem Bildersammler verkauft, und auch dieser hielt es nicht aus und verkaufte es weiter.‹

Diese Erzählung machte auf meinen Vater einen starken Eindruck. Er wurde tief nachdenklich, verfiel in Hypochondrie und war zuletzt ganz davon überzeugt, dass sein Pinsel als Werkzeug des Teufels gedient hatte, dass das Leben des Wucherers auf irgendeine Weise wirklich in das Porträt gefahren war und die Menschen beunruhigte, indem es ihnen teuflische Gedanken eingab, die Künstler vom Weg abbrachte, grässlichen Neid erzeugte und so weiter. Die drei Unglücksfälle, die sich bald darauf ereigneten, die drei plötzlichen Tode: der seiner Frau, seiner Tochter und seines kleinen Sohnes sah er als eine Strafe des Himmels an, und er fasste den unabänderlichen Entschluss, der Welt zu entsagen. Als ich neun Jahre alt geworden war, schickte er mich auf die Kunstakademie, rechnete dann mit allen seinen Gläubigern ab und zog sich in ein entlegenes Kloster zurück, wo er bald darauf die Mönchsweihen empfing. Dort setzte er durch seine strenge Lebensführung und durch die peinliche Befolgung aller Klosterregeln die Mönche in Erstaunen. Als der Prior des Klosters von seiner Kunst erfuhr, gab er ihm den Auftrag, für die Klosterkirche ein Altarbild zu malen. Aber der demütige Bruder weigerte sich entschieden und sagte, dass er unwürdig sei, den Pinsel zu ergreifen, weil dieser entweiht sei, und dass er erst durch Mühe und große Opfer seine Seele läutern müsse, um der Ehre teilhaftig zu werden, solch ein Werk zu unternehmen. Man wollte ihn dazu nicht zwingen. Er erschwerte für sich selbst, soweit es ging, die Strenge des klösterlichen Lebens. Zuletzt erschien ihm auch dieses nicht streng genug. Mit Genehmigung des Priors begab er sich in eine Einsiedelei, um ganz allein zu sein. Dort baute er sich aus Baumästen eine Zelle, lebte nur von rohen Wurzeln, schleppte Steine von einem Ort zum anderen und stand von Sonnenaufgang bis zum Sonnenuntergang immer auf dem gleichen Fleck, die Arme gen Himmel erhoben und unausgesetzt Gebete sprechend – kurzum, er erfand wohl alle denkbaren Stufen der Kasteiung und jener unfassbaren Selbstaufopferung, für die man höchstens in der Heiligenlegende Beispiele finden kann. So kasteite er lange, mehrere Jahre hindurch seinen Körper und stärkte ihn zugleich mit der belebenden Kraft des Gebets. Endlich kam er eines Tages ins Kloster und sagte dem Prior mit fester Stimme: ›Nun bin ich bereit; wenn es Gott gefällig ist, werde ich das Werk vollenden.‹ Der Gegenstand, den er wählte, war die Geburt des Heilands. Ein ganzes Jahr arbeitete er daran, ohne seine Zelle zu verlassen, von karger Kost lebend und ununterbrochen betend. Nach Ablauf des Jahres war das Bild fertig. Es war tatsächlich ein Wunder der Malkunst. Es ist zu bemerken, dass weder die Klosterbrüder noch der Prior viel

Verständnis für Malerei hatten, aber alle waren über den ungewöhnlich heiligen Ausdruck der Gestalten erstaunt. Das Gefühl göttlicher Demut und Milde im Antlitz der allerreinsten Gottesmutter, die sich über das Kind beugte, die tiefe Weisheit in den Augen des göttlichen Kindes, das schon das feierliche Schweigen der vom göttlichen Wunder erschütterten heiligen drei Könige zu seinen Füßen in der Zukunft zu schauen schien, und endlich die heilige, unaussprechliche Stille, von der das ganze Bild erfüllt war – dies alles stellte sich in einer so harmonischen Kraft und machtvollen Schönheit dar, dass der Eindruck magisch war. Alle Klosterbrüder fielen vor dem neuen Bild auf die Knie, und der gerührte Prior sprach: ›Nein, es ist unmöglich, dass ein Mensch mit Hilfe der menschlichen Kunst allein ein solches Kunstwerk geschaffen hat: eine heilige, höhere Macht hat deinen Pinsel geführt, und der Segen des Himmels ruhte auf deinem Werk.‹

Um diese Zeit beendete ich das Studium an der Akademie, erhielt die goldene Medaille und mit ihr die beseligende Aussicht auf eine Italienreise – den schönsten Traum eines jungen Künstlers. Mir blieb nur noch, mich von meinem Vater zu verabschieden, den ich seit zwölf Jahren nicht gesehen hatte. Ich muss gestehen, dass selbst sein Bild aus meiner Erinnerung geschwunden war. Ich hatte schon einiges von der strengen Heiligkeit seines Lebens gehört und stellte ihn mir als einen rauhen Einsiedler vor, der gegen alles in der Welt außer seiner Zelle und seinen Gebeten gleichgültig war, als einen ausgemergelten, durch das ewige Fasten und Wachen erschöpften Menschen. Wie war ich aber erstaunt, als ich vor mir einen schönen, beinahe göttlichen Greis erblickte! Sein Gesicht zeigte nicht die geringste Spur von Kasteiungen: es leuchtete vor himmlischer Heiterkeit. Der schneeweiße Bart und die feinen, beinahe luftigen Haare vom selben silbernen Weiß flossen malerisch über seine Brust und die Falten seiner schwarzen

Kutte und fielen bis zum Strick herab, mit dem er sein ärmliches Mönchsgewand umgürtete. Am meisten war ich aber erstaunt, als ich aus seinem Mund Worte und Gedanken über die Kunst hörte, die ich, offen gestanden, lange in meiner Seele bewahren werde, und ich wünsche aufrichtig, dass auch jeder meiner Brüder in der Kunst dasselbe tue.

›Ich habe dich erwartet, mein Sohn‹, sagte er, als ich auf ihn zuging, um mir seinen Segen zu erbitten. ›Es steht dir ein Weg bevor, dem dein Leben nun folgen wird. Dein Weg ist rein, irre von ihm nicht ab. Du hast ein Talent; das Talent ist das kostbarste Geschenk Gottes – richte es nicht zugrunde. Erforsche und studiere alles, was du erblickst, aber nichts bedeute dir mehr als deine Malerei; und lerne in allem die darin verborgene Idee erkennen, und bemühe dich am meisten, das hohe Geheimnis der Schöpfung zu ergründen. Selig ist der Auserwählte, der es beherrscht. Für diesen gibt es in der ganzen Natur nichts Gemeines. Der schaffende Künstler ist im Geringen ebenso groß wie im Großen; im Verächtlichen gibt es für ihn nichts Verächtliches, denn es ist sichtbar von der schönen Seele des Schöpfers durchleuchtet, und das Verächtliche erhält dadurch einen erhabenen Ausdruck, weil es im Fegefeuer seiner Seele geläutert worden ist … Die Ahnung vom Göttlichen, vom himmlischen Paradies ist für den Menschen in der Kunst enthalten und schon darum ist sie erhabener als alles andere. Ebenso wie feierliche Ruhe über jede weltliche Unruhe erhaben ist, so erhaben ist auch die Schöpfung über die Zerstörung; wie der Engel schon durch die keusche Unschuld seiner lichten Seele über die zahllosen Heere und die hochmütigen Leidenschaften des Satans erhaben ist, so steht auch die hehre Schöpfung der Kunst über allen Dingen der Welt. Bringe ihr alles zum Opfer und liebe sie mit deiner ganzen Leidenschaft – nicht mit der Leidenschaft, die irdisches Begehren atmet, sondern mit der stillen, himmlischen Leidenschaft: ohne sie hat der Mensch nicht die Kraft, sich über die Erde zu erheben und die wunderbaren Töne des Friedens anzustimmen; denn das hehre Werk der Kunst steigt auf die Erde herab, nur um allen Ruhe und Versöhnung zu schenken. Es kann in der Seele kein Murren wecken, sondern strebt als klingendes Gebet zu Gott empor. Aber es gibt Augenblicke, finstere Augenblicke …‹

Er hielt inne, und ich merkte, dass sein leuchtendes Antlitz plötzlich wie von einer flüchtigen Wolke verdüstert wurde.

›Es gab ein Ereignis in meinem Leben‹, sagte er. ›Ich kann auch heute nicht begreifen, wer jenes seltsame Wesen war, das ich malte. Es war wie eine teuflische Erscheinung. Ich weiß, die Welt leugnet die Existenz des Teufels, und darum werde ich von ihm nicht sprechen; ich will nur sagen, dass ich ihn mit Abscheu malte: damals fühlte ich nicht die geringste Liebe für mein Werk. Ich wollte mich gewaltsam bezwingen und alles in mir unterdrücken, um seelenlos treu der Natur zu folgen. Es war keine Schöpfung der Kunst, und darum sind die Gefühle, die sich den Menschen bei seinem Anblick bemächtigen, aufrührerische, unruhige Gefühle und nicht die eines Künstlers, denn der Künstler atmet selbst in der Unruhe Ruhe. Man sagte mir, das Porträt gehe von Hand zu Hand und verbreite die quälendsten Eindrücke; es erzeuge im Künstler Neid, finsteren Hass gegen seinen Bruder und das gehässige Bestreben, alles zu unterdrücken und zu verfolgen. Der Allmächtige möge dich vor solchen Leidenschaften bewahren! Es gibt nichts Schrecklicheres als sie. Es ist besser, selbst die ganze Bitternis aller möglichen Verfolgungen zu kosten, als einen andern zu verfolgen. Bewahre die Reinheit deiner Seele. Wer ein Talent in sich birgt, der muss an Seele reiner als alle sein. Einem anderen wird vieles verziehen, was dem Künstler nicht verziehen wird. Wenn ein Mensch in hellem festlichen Gewand aus dem Haus getreten ist, so genügt schon ein einziger Schmutzspritzer von einem Wagen, damit die Menge ihn umringt, auf ihn mit dem Finger weist und von seiner Unsauberkeit spricht, während die gleiche Menge die vielen Schmutzspritzer an anderen Menschen, die ihre Werktagskleider anhaben, nicht sieht; denn auf den Werktagskleidern sind die Flecken nicht sichtbar.‹

Er segnete und umarmte mich. Nie im Leben war ich von solcher Rührung erschüttert wie an diesem Tag. Andächtig, mit einem Gefühl, das mehr als Sohnesliebe war, fiel ich ihm an die Brust und küsste seine herabfließenden silbernen Haare.

Tränen glänzten in seinen Augen. ›Mein Sohn, erfülle mir meine einzige Bitte‹, sagte er beim Abschied. ›Vielleicht wird es sich fügen, dass du irgendwo das Porträt findest, von dem ich sprach – du wirst es an den ungewöhnlichen Augen und an ihrem natürlichen Ausdruck erkennen – so vernichte es um jeden Preis …‹

Sie können selbst urteilen, ob es mir möglich war, ihm nicht zu schwören, seine Bitte zu erfüllen. Fünfzehn Jahre lang konnte ich nichts finden, was auch nur entfernt der Beschreibung, die mir mein Vater gab, entsprochen hätte. Aber auf dieser Auktion …«

Der Künstler sprach den Satz nicht zu Ende und richtete seinen Blick auf die Wand, um das Porträt noch einmal anzusehen. Das Gleiche taten augenblicklich auch alle Zuhörer, und alle Augen suchten das ungewöhnliche Porträt. Zum höchsten Erstaunen aller hing es aber nicht mehr an der Wand. Ein unruhiges Gemurmel lief durch die Anwesenden, und gleich darauf ließ sich deutlich das Wort vernehmen: »Gestohlen!« Jemand hatte sich die Aufmerksamkeit der von der Erzählung hingerissenen Zuhörer zunutze gemacht und das Bild entwendet. Lange noch blieben die Anwesenden bestürzt, und niemand wusste, ob man die ungewöhnlichen Augen in Wirklichkeit gesehen hatte oder ob nur in einem Traum, der sich ihrer durch das lange Betrachten alter Bilder ermüdeten Augen bemächtigt hatte.

Der Mantel

In einer Ministerialabteilung … ich will die Ministerialabteilung nicht genauer bezeichnen. Es gibt nichts Unangenehmeres, als mit Angehörigen einer Ministerialabteilung, eines Regiments, einer Kanzlei, kurz, mit irgendeiner Amtsperson zu tun zu haben. Jeder Privatmensch glaubt heutzutage, man wolle in seiner Person die ganze Korporation beleidigen.

Man erzählt, vor kurzem sei die Beschwerde eines Bezirkshauptmanns, ich weiß nicht genau von welcher Stadt, eingelaufen, in der er beweist, dass alle staatlichen Institutionen zugrunde gehen und dass sogar sein geheiligter Name missbraucht werde: als Beleg fügte er seiner Beschwerdeschrift einen sehr dicken Band eines Romans bei, in dem mindestens alle zehn Seiten ein Bezirkshauptmann auftritt, stellenweise sogar in vollständig betrunkenem Zustand.

Zur Vermeidung etwaiger Unannehmlichkeiten ziehe ich es daher vor, die Ministerialabteilung, von der hier die Rede ist, »eine Ministerialabteilung« zu nennen.

In »einer Ministerialabteilung« also war »ein Beamter« angestellt. Man kann nicht behaupten, dass es ein irgendwie bemerkenswerter Beamter war: er war klein, etwas pockennarbig, etwas rothaarig und anscheinend auch etwas kurzsichtig, er hatte eine kleine Glatze, runzlige Wangen und eine sogenannte hämorrhoidale Gesichtsfarbe … Daran ist zweifellos das Petersburger Klima schuld. Was seinen Beamtenrang betrifft, so war er das, was man einen ewigen Titularrat nennt, einer jener Unglücklichen, über die schon verschiedene Schriftsteller, welche den lobenswerten Grundsatz haben, nur Wehrlose anzugreifen – ihre Witze gerissen haben. Sein Name war Baschmaktschkin. Dieser Name stammt offenbar von einem Baschmak, also einem Schuh ab; der Zusammenhang lässt sich aber nicht mehr genau feststellen. Sein Vater und sein Großvater, sogar sein Schwager – kurz, alle Baschmaktschkins trugen nur Stiefel, die sie dreimal im Jahr besohlen ließen.

Mit dem Vor- und Vatersnamen hieß er Akakij Akakijewitsch. Mancher Leser wird diesen Namen sonderbar und gesucht finden, ich kann aber versichern, dass man ihn durchaus nicht gesucht hat: die Umstände haben sich so gefügt, dass es unmöglich ein anderer Name sein konnte. Dies geschah so: Akakij Akakijewitsch kam, wenn mich mein Gedächtnis nicht täuscht, in der Nacht zum 23. März zur Welt. Seine selige Mutter, eine brave Beamtenfrau, wollte, wie sich's gehört, den Taufnamen wählen. Ihr Bett stand der Türe gegenüber, rechts von ihr saß der Pate – der Senatsbeamte Iwan Iwanowitsch Jeroschkin, ein trefflicher Mensch, links die Patin – Alina Ssemjonowna Bjelobrjuschkowa, Polizeioffiziersgattin, eine Dame von hervorragenden Tugenden. Der Wöchnerin wurden drei Namen vorgeschlagen: Mokius, Sossius und Chosdasates. »Nein«, meinte die selige Mutter, »die Namen sind etwas bunt.« Man tat ihr den Gefallen und schlug den Kalender an einer anderen Stelle auf, da fand man wieder drei Namen: Trifilius, Dula und Barachasius.

»So ein Pech!«, sagte die Alte, »schon wieder solche Namen. Ich habe noch nie solche nennen hören. Wenn es noch Baradates oder Baruch wäre, aber mein Gott: Trifilius und Barachasius!«

Man blätterte weiter und kam auf die Namen Pausikachius und Bachtisius. »Nun, ich seh' schon«, sagte die Alte, »dass es ihm so bestimmt ist. Dann soll er schon lieber wie sein Vater heißen. Sein Vater hieß Akakij, so wollen wir ihn auch Akakij taufen.« So kam der Name Akakij Akakijewitsch zustande.

Während der Taufzeremonien machte das Kind eine sehr saure Miene, als ob es schon wüsste, dass es nur bis zum Titularrat reichen würde. So ging alles zu, und ich habe es absichtlich in dieser Ausführlichkeit geschildert, damit der Leser selbst einsieht, dass unser Held keinen anderen Namen tragen konnte.

Es lässt sich nicht mehr feststellen, wann Akakij Akakijewitsch in die Kanzlei eintrat und durch wessen Vermittlung er diesen Posten erhielt. Viele Kanzleivorstände hatten einander abgelöst, er saß aber immer auf dem gleichen Platz und bekleidete immer das gleiche Amt eines Kopisten; man musste glauben, dass er schon ganz fertig mit der Glatze und mit der Beamtenuniform zur Welt gekommen war. Von seinen Kollegen wurde er mit wenig Rücksicht behandelt, und selbst die Bürodiener erhoben sich nicht von ihren Plätzen, wenn er vorbeiging; sie schenkten ihm so viel Beachtung wie einer gewöhnlichen Fliege, die durchs Wartezimmer fliegt. Die Vorgesetzten behandelten ihn kühl und despotisch. So ein Gehilfe des Amtsvorstands schob ihm die Papiere einfach unter die Nase, ohne auch nur zu sagen: »Machen Sie eine Abschrift davon«, oder: »Da ist eine interessante nette Akte«, oder sonst eine angenehme Bemerkung, wie sie in vornehmen Ämtern üblich sind. Er nahm die Akten, ohne hinzusehen, wer ihm den Auftrag gab und ob der Betreffende überhaupt dazu berechtigt war, und machte sich gleich an die Arbeit.

Die jüngeren Beamten machten ihn zur Zielscheibe ihrer Witze und Streiche, soweit ihr scharfsinniger Humor eben reichte. Sie erzählten in seiner Gegenwart unglaubliche Geschichten, in denen er als Held auftrat; sie behaupteten, dass er von seiner Wirtin, einer siebzigjährigen Alten, geschlagen würde, und fragten ihn, wann er sie endlich heiraten wolle; sie schütteten ihm auch Papierschnitzel über den Kopf und nannten es Schnee. Akakij Akakijewitsch sagte aber zu alldem kein Wort, als ob sie alle für ihn Luft wären. Sogar die Güte seiner Abschriften wurde dadurch nicht beeinträchtigt, und trotz aller Ablenkungen und Belästigungen sah man nie einen Schreibfehler in seinen Arbeiten. Wenn es schon gar zu arg wurde, wenn man ihn am Arm zupfte oder sonstwie am Schreiben hinderte, sagte er: »Lassen Sie mich doch! Warum quälen Sie mich?« Diese Worte klangen so rührend und mitleiderregend, dass ein junger Beamter, der, dem Beispiel der anderen folgend, ihn einmal verhöhnen wollte, unter dem Eindruck dieser Worte wie vom Blitz getroffen innehielt und seit diesem Vorfall plötzlich alles in einem anderen Licht zu sehen begann. Eine seltsame Macht trennte ihn von allen seinen Kollegen, die er früher für anständige und wohlerzogene Menschen gehalten hatte. Und noch lange nachher, selbst in den fröhlichsten Stunden, tauchte vor ihm oft das Bild des kleinen kahlköpfigen Beamten auf mit den rührenden Worten: »Lassen Sie mich doch! Warum quälen Sie mich?« In diesen Worten klang aber der Ausruf: »Ich bin ja dein Bruder!« Und der arme junge Beamte bedeckte sein Gesicht mit den Händen und zuckte zusammen, wenn er sah, wie unmenschlich oft ein Mensch ist, wie roh und grausam die gebildetsten und erzogensten Menschen sein können, ja selbst solche, die allgemein für edel und gut gelten …

Man fand wohl kaum einen Beamten, der so sehr seinem Dienst zugetan war wie Akakij Akakijewitsch. Er versah seinen Dienst nicht nur mit Eifer, sondern auch mit Liebe. In der ewigen Anfertigung von Abschriften sah er eine abwechslungsreiche und prächtige Welt vor sich. Manchmal strahlte sein Gesicht; unter den Buchstaben hatte er einzelne Lieblinge, und wenn solche vorkamen, war er ganz außer sich vor Freude, er lächelte ihnen freundlich zu, und man konnte in seinem Gesicht wirklich lesen, welchen Buchstaben er gerade schrieb. Wenn die Beförderungen nur vom Eifer der Beamten abhingen, so wäre er zu seinem eigenen Erstaunen wohl längst Staatsrat geworden; alles, was er erreichte, war aber, wie sich seine Kollegen ausdrückten, ein Ehrenzeichen für langjährige treue Dienste nebst den dazugehörenden Hämorrhoiden.

Man kann übrigens nicht sagen, dass ihn niemand würdigte. Ein Amtsvorstand, der ihn in seiner Herzensgüte für die langen Dienstjahre belohnen wollte, ließ ihm einmal eine Arbeit anvertrauen, die wichtiger war als das gewöhnliche Abschreiben: er sollte nämlich aus einem fertig vorliegenden Bericht einen neuen für eine andere Behörde machen. Die Arbeit bestand nur in der Abänderung der Überschrift und in der Transponierung der Verben von der ersten in die dritte Person. Diese Arbeit strengte ihn so sehr an, dass der Schweiß ihm nur so herunterlief; endlich sagte er:

»Nein, geben Sie mir lieber etwas zum Abschreiben.«

Von nun an ließ man ihn nur Abschriften machen. Außer dieser Arbeit hatte er für nichts in der Welt Interesse. Er achtete auch nie auf seine Kleidung: sein Rock hatte längst die vorschriftsmäßige grüne Farbe verloren und war nun mehlig-braun. Er trug einen engen, ganz niedrigen Kragen, und sein Hals, der eigentlich gar nicht übermäßig lang war, erschien aus diesem Grund so lang wie bei den Gipskatzen mit den nickenden Köpfen, die von südländischen Hausierern dutzendweise auf den Köpfen herumgetragen werden. An seinem Rock blieb immer etwas kleben oder hängen, bald ein Fusselchen, bald ein Hälmchen Heu. Er hatte ferner die ungewöhnliche Fähigkeit, an einem Fenster just in dem Augenblick vorbeizugehen, wenn aus ihm gerade irgendwelcher Unrat auf die Straße geschüttet wurde, und so trug er auf seinem Hut Melonenschalen und ähnliche Abfälle davon. Dem Leben auf der Straße schenkte er nie Beachtung und stach in dieser Beziehung von den jüngeren Beamten ab, die sich freilich etwas zu viel für die Vorgänge auf der Straße interessierten und sogar schmunzelnd feststellten, wenn bei einem Herrn, der auf der anderen

Straßenseite geht, ein Hosenträger sich losgemacht hat und herunterbaumelt.

Akakij Akakijewitsch sah überall die gleichmäßig geschriebenen Zeilen vor sich, und nur wenn über seiner Schulter plötzlich Pferdenüstern auftauchten und ihn mit heißem Atem anpusteten, bemerkte er, dass er sich nicht mitten in einer Zeile, sondern mitten auf der Straße befand. Zu Hause angelangt, setzte er sich sofort zu Tisch und verschlang seine Kohlsuppe und sein Zwiebelfleisch, ohne auf den Geschmack zu achten; er aß sie mit den Fliegen und sonstigen Beilagen, die Gott gerade spendete. Sobald er sich gesättigt hatte, zog er ein Tintenfass hervor und begann, Abschriften von mitgebrachten Akten anzufertigen. Wenn fürs Amt gerade nichts zu tun war, machte er Abschriften zu seinem eigenen Vergnügen, mit besonderer Vorliebe von solchen Aktenstücken, die an eine hochstehende oder neu ernannte Persönlichkeit gerichtet waren; auf den schönen Stil oder den Inhalt achtete er dabei weniger.

Selbst in jenen Stunden, wo der graue Petersburger Himmel dunkel wird und das ganze Beamtenvolk seinen Hunger je nach seinem Gehalt und nach seinen Neigungen gestillt hat; wenn alle ausgeruht haben vom Federgekritzel in den Kanzleien, vom Herumrennen in eigenen und fremden Geschäften, und von aller Mühe, die der Mensch sich freiwillig und oft mehr als gut ist auferlegt; wenn die Beamten zu Vergnügungen eilen, mit denen sie den Rest des Tages ausfüllen; der eine rennt ins Theater, der andere geht einfach auf die Straße, um den Damen unter die Hüte zu schauen, mancher sucht eine Abendgesellschaft auf, um einem jungen Mädchen – einem Stern des engen Beamtenhimmels – den Hof zu machen; die meisten begeben sich zu einem Kollegen, der irgendwo im vierten oder dritten Stock in einer Wohnung von zwei bescheidenen Zimmern nebst Küche oder Vorzimmer haust, die mit einigem modernen Komfort ausgestattet ist – einer Lampe oder einem anderen

Luxusgegenstand, der manche Entbehrung gekostet hat; mit einem Wort, selbst in jenen Stunden, wenn die Beamten Whist spielen, Tee trinken, billigen Zwieback knuspern, ihre langen Pfeifen rauchen und in den Spielpausen irgendeinen Klatsch aus der besseren Gesellschaft erörtern, für die der Russe in allen Lebenslagen Interesse hat, oder aus Ermangelung eines anderen Gesprächsstoffs wieder die alte Anekdote vom Kommandanten aufwärmen, dem gemeldet wurde, jemand habe dem Denkmal Peters des Großen den Schwanz abgeschlagen; kurzum, wenn alle Zerstreuung suchten, machte Akakij Akakijewitsch eine Ausnahme. Nie sah man ihn in einer Gesellschaft. Nachdem er sich satt geschrieben, ging er zu Bett und lächelte selig beim Gedanken: was werde ich wohl morgen zum Abschreiben bekommen?

So floss das friedliche Leben dieses Menschen dahin, der bei vierhundert Rubeln Jahresgehalt mit seinem Los zufrieden war; es hätte vielleicht bis ins hohe Alter hinein so fließen können, wenn es nicht verschiedene Missgeschicke gäbe, die nicht nur in den Lebensweg eines Titularrats gelegt werden, sondern auch in den eines Geheimrats, Staatsrats, Hofrats wie überhaupt eines jeden Rats, selbst solcher Leute, die niemandem Rat erteilen und niemanden um Rat fragen.

In Petersburg haben alle diejenigen, die an die vierhundert Rubel Jahresgehalt bekommen, einen grimmigen Feind: es ist unser nordischer Frost, von dem übrigens behauptet wird, er sei der Gesundheit zuträglich. Um neun Uhr morgens, gerade um die Stunde, wenn die Ministerialbeamten ins Amt gehen, verteilt er an alle, ohne Ansehung der Person, so heftige Nasenstüber, dass die armen Menschen gar nicht wissen, wo sie ihre Nasen hintun sollen. Und wenn der Frost selbst den höchststehenden Beamten so zusetzt, dass sie Kopfschmerzen bekommen und ihre Augen tränen, dann sind die armen Titularräte ganz schutzlos. Sie rennen, in ihre dünnen Überzieher gehüllt, so rasch sie können die fünf, sechs Straßen bis zum Amt und trampeln dann im Portierszimmer so lange mit den Beinen, bis sie sich erwärmen und die eingefrorene Begabung zur amtlichen Tätigkeit wieder auftaut.

Akakij Akakijewitsch verspürte seit einiger Zeit heftiges Stechen im Rücken und in der einen Schulter, obwohl er den festgesetzten Weg von der Wohnung in die Kanzlei immer im schnellsten Tempo zurücklegte. Und da kam ihm der Gedanke, dass mit seinem Mantel etwas nicht in Ordnung war. Er unterzog ihn gleich einer eingehenden Untersuchung und stellte fest, dass der Stoff an einigen Stellen, und zwar gerade am Rücken und an den Schultern so dünn wie ein Taschentuch geworden war: der Stoff war ganz durchgewetzt und auch das Futter war arg zerschlissen. Es muss hier erwähnt werden, dass dieser Mantel von den Kollegen arg bekrittelt wurde; sie würdigten ihn nicht einmal der Bezeichnung »Mantel« und nannten ihn verächtlich »Morgenrock«. Der Mantel hatte auch wirklich ein ganz eigentümliches Aussehen: der Kragen wurde von Jahr zu Jahr kleiner, denn er musste zum Flicken anderer schadhafter Stellen herhalten. Diese Ausbesserungen zeugten von einer nicht allzu großen Kunstfertigkeit des Schneiders und nahmen sich wenig schön aus.

Akakij Akakijewitsch kam zum Entschluss, den Mantel dem Schneider Petrowitsch in Behandlung zu geben. Dieser wohnte irgendwo im vierten Stock eines Hinterhauses und befasste sich trotz seines schielenden Auges und seines pockennarbigen Gesichts ziemlich erfolgreich mit dem Ausbessern von Hosen und Fräcken der Beamten und auch anderer Menschen: natürlich, wenn er nicht gerade betrunken war oder andere Gedanken im Kopf hatte. Dieser Schneider verdient eigentlich gar nicht, dass ich von ihm viel spreche; da es aber einmal Sitte ist, alle handelnden Personen einer Erzählung genau zu beschreiben, so muss ich auch diesen Petrowitsch vorstellen. Vor Jahren, als er noch Leibeigener gewesen war, hieß er einfach Grigorij; den Namen Petrowitsch legte er sich erst dann zu, als er frei wurde und an den Feiertagen – zunächst an den großen, später aber an allen Tagen, die im Kalender mit einem Kreuz versehen sind – zu trinken begann. In dieser Beziehung war er den Sitten seiner Väter treu, und wenn er darüber mit seiner Frau polemisierte, schalt er sie eine weltliche Person und eine Deutsche. Da schon einmal von der Frau die Rede ist, so müsste ich auch ihr einige Worte widmen; das Einzige, was ich sagen kann, ist aber nur das: Petrowitsch hatte eine Frau, sie trug statt eines Kopftuchs ein Häubchen und war anscheinend nicht sonderlich schön: wenn sie durch die Straße ging, schenkten ihr höchstens Gardesoldaten einige Beachtung, und selbst diese drehten den Schnurrbart und gaben einen eigentümlichen Laut von sich, sobald sie ihr unter die Haube geschaut hatten.

Akakij Akakijewitsch ging also zu Petrowitsch hinauf; die Treppe war schmutzig und feucht und von einem Schnapsduft erfüllt, der allen Petersburger Hintertreppen eigen ist. Unterwegs überlegte er sich, wie viel wohl Petrowitsch für die Arbeit verlangen würde; er war entschlossen, keineswegs mehr als zwei Rubel zu zahlen. Die Wohnungstür stand offen, denn Frau Petrowitsch bereitete gerade irgendein Fischgericht zu, und die Küche war so voller Rauch, dass man selbst die Schwaden nicht unterscheiden konnte. Akakij Akakijewitsch passierte die Küche, ohne von der Frau gesehen zu werden, und kam in einen Raum, in dem Petrowitsch auf einem einfachen Tisch mit untergeschlagenen Beinen wie ein türkischer Pascha thronte, und zwar, wie alle Schneider bei der Arbeit, mit nackten Füßen; das Erste, was Akakij Akakijewitsch in die Augen sprang, war die große Zehe, deren verstümmelter Nagel an eine Schildkrötenschale gemahnte. Er hatte mehrere Fitzen Zwirn und Nähseide um den Hals hängen und arbeitete gerade an einem außerordentlich zerlumpten Kleidungsstück. Seit drei Minuten mühte er sich mit dem Faden ab, der durchaus nicht in das Nadelöhr gehen wollte; er schimpfte auf die Dunkelheit und auf den Faden: »Er will nicht, der Hund! Der Halunke bringt mich noch ins Grab!«

Akakij Akakijewitsch tat es leid, dass er Petrowitsch in so schlechter Laune antraf: er liebte es, dem Schneider seine Aufträge zu erteilen, wenn dieser etwas angeheitert oder, wie seine Frau sich ausdrückte, »stinkbesoffen wie ein Teufel« war. In diesem Zustand war er sehr entgegenkommend und nachgiebig, er machte sogar höfliche Verbeugungen und dankte für den Auftrag. Allerdings kam dann später die Frau mit der Behauptung, er sei betrunken gewesen und habe nur daher diesen billigen Preis gemacht: mit einem Zehnkopekenstück war aber auch sie zu besänftigen. Jetzt schien Petrowitsch nüchtern, und in solchen Augenblicken war er stets hart und eigensinnig und machte ganz wahnsinnige Preise. Akakij Akakijewitsch überblickte gleich die Situation und wollte eigentlich wieder gehen; es war aber zu spät. Petrowitsch sah ihn mit seinem einzigen Auge durchdringend an, und Akakij Akakijewitsch murmelte verlegen:

»Guten Tag, Petrowitsch!«

»Recht guten Tag, Herr …«, erwiderte Petrowitsch und schielte auf die Hände des Gastes, um zu sehen, was er mitgebracht hatte.

»Ich komme, Petrowitsch, um … das heißt …«

Akakij Akakijewitsch gebrauchte mit besonderer Vorliebe Präpositionen, Adverbien und ganz bedeutungslose Wortpartikel. War die Sache aber irgendwie schwierig, so pflegte er seinen Satz nicht zu Ende zu sprechen; er begann oft seine Rede mit den Worten: »Dies ist wirklich ganz, sozusagen…«, und blieb dann stehen, in der Meinung, er habe seine Gedanken klar ausgedrückt.

»Was gibt's denn?«, fragte Petrowitsch und musterte dabei mit seinem einzigen Auge die ganze Kleidung Akakij Akakijewitschs vom Kragen bis zu den Ärmeln, Rockschößen und Knopflöchern; dies alles war ihm wohlbekannt, denn es war seine eigene Arbeit; die Schneider sind einmal so, dass sie immer zuerst die Kleidung betrachten.

»Ich komme also, Petrowitsch … weißt du, dieser Mantel da … das heißt, das Tuch ist ja ganz gut; es ist nur etwas verstaubt und sieht daher alt aus, es ist aber ganz neu; aber da, an einer Stelle, am Rücken, und auch hier an den Schultern, siehst du? Das wäre alles. Die Arbeit ist ja nicht groß …«

Petrowitsch nahm den Überzieher in die Hand, breitete ihn auf dem Tisch aus und griff nach seiner runden Tabaksdose, deren Deckel mit dem Bildnis eines Generals geschmückt war; wer der dargestellte General war, ließ sich nicht mehr feststellen, denn gerade auf der Stelle des Gesichts hatte der Deckel ein von einem Finger herrührendes Loch, das nun mit einem viereckigen Stück Papier überklebt war. Petrowitsch nahm eine Prise, betrachtete den Mantel von neuem, hielt ihn gegen das Licht und schüttelte den Kopf. Darauf wandte er seine Aufmerksamkeit dem Futter zu und schüttelte abermals den Kopf; dann öffnete er wieder die Dose mit dem überklebten Generalskopf, nahm eine tüchtige Prise, stellte die Dose weg und sagte endlich:

»Nein, da ist nichts zu machen. Der Mantel taugt nichts mehr.«

Bei diesen Worten bekam Akakij Akakijewitsch Herzklopfen.

»Warum denn, Petrowitsch?«, fragte er mit flehender, fast kindlicher Stimme. »Er ist ja nur an den Schultern etwas abgerieben; du wirst doch schon einen passenden Flicken finden, um es auszubessern …«

»Ja, ein Flicken lässt sich wohl finden«, sagte Petrowitsch, »aber wie soll ich ihn annähen? Das Tuch ist ja schon ganz mürbe, wenn man es mit der Nadel anrührt, fällt es auseinander.«

»Nun, wo's auseinanderfällt, da setzt du gleich einen Flicken hin.«

»Worauf soll ich denn den Flicken befestigen? Der Stoff ist zu sehr abgetragen. Sie können es meinetwegen Tuch nennen, das Zeug fliegt aber beim ersten Windstoß in Fetzen auseinander.«

»Versuch's doch einfach. Das kann doch wirklich, sozusagen ...«

»Nein!«, sagte Petrowitsch sehr entschieden. »Da kann ich nichts machen, die Sache ist hoffnungslos. Machen Sie sich lieber Fußlappen für den Winter daraus; denn Strümpfe halten ja nicht genügend warm. Die Deutschen haben sie erfunden, um mehr Geld zu verdienen. (Petrowitsch liebte es, von Zeit zu Zeit Ausfälle gegen die Deutschen zu machen.) Was aber den Mantel betrifft, so müssen Sie sich eben einen neuen machen lassen.«

Beim Wort »neu« wurde es Akakij Akakijewitsch ganz schwindelig, das ganze Zimmer drehte sich um ihn; das Einzige, was er noch deutlich sah, war der mit Papier überklebte General auf Petrowitschs Tabaksdose.

»Einen neuen?«, sagte er wie im Traum. »Ich habe ja kein Geld.«

»Jawohl, einen neuen Mantel«, bestätigte Petrowitsch mit grausamer Gelassenheit.

»Nun, und wenn es unbedingt ein neuer sein muss, wie wäre es dann ...«

»Sie meinen, was er kosten würde?«

»Ja.«

»Ja, da müssten Sie schon hundertfünfzig Rubel anlegen«, sagte Petrowitsch und kniff dabei seine Lippen bedeutungsvoll zusammen. Er liebte überhaupt starke Effekte und setzte gern einen in Verlegenheit, um dann den Gesichtsausdruck des so Überrumpelten zu beobachten.

»Was! Hundertfünfzig Rubel für einen Mantel!«, schrie der arme Akakij Akakijewitsch auf; er schrie wohl überhaupt zum ersten Mal in seinem Leben, denn er zeichnete sich sonst durch seinen ruhigen stillen Ton aus.

»Jawohl«, sagte Petrowitsch, »und dann kommt es noch auf die Qualität des Mantels an. Wenn wir einen Marderkragen nehmen und die Kapuze mit Seide füttern, so können es auch zweihundert werden.«

»Petrowitsch, ich bitte dich«, flehte Akakij Akakijewitsch, die auf einen Effekt berechneten Ausführungen Petrowitschs ignorierend, »versuch's doch mit einer Reparatur; vielleicht kann mir der Mantel noch eine kurze Zeit dienen.«

»Nein, es wäre schade um die Arbeit und auch ums Geld«, sagte Petrowitsch.

Diese Antwort wirkte auf den Armen vollkommen niederschmetternd, und er ging fort. Petrowitsch blieb noch eine Zeitlang in der gleichen Haltung mit zusammengekniffenen Lippen müßig sitzen; er freute sich, dass er nicht nachgegeben und auch das ehrsame Schneiderhandwerk nicht herabgewürdigt hatte.

Akakij Akakijewitsch ging durch die Straße wie ein Nachtwandler. »So stehen die Sachen«, sprach er zu sich selbst, »ich hätte wirklich nicht erwartet, dass sie so stehen …« Nach einer Pause fügte er noch hinzu: »Also, so ist's! So weit ist es gekommen! Ich hätte es wirklich nicht erwartet.« Nach einer weiteren Pause sagte er noch: »So, so! Ganz unerwartet kommt es … Es ist schon so eine Sache …« Er wollte eigentlich nach Hause, ging aber in einer ganz verkehrten Richtung. Unterwegs streifte ein Kaminkehrer seine Schulter, die nun ganz schwarz wurde; von einem Neubau fiel ihm eine ganze Ladung Mörtel auf den Kopf. Er sah und hörte nichts und kam erst dann einigermaßen zur Besinnung, als er einen Polizeisoldaten anrempelte, der seine Hellebarde zur Seite gestellt hatte und gerade im Begriff war, eine Prise Schnupftabak zu nehmen.

»Was rennst du einem in die Schnauze hinein?«, blaffte

ihn dieser an. »Kannst du denn nicht auf dem Trottoir gehen?«

Diese Bemerkung rüttelte ihn auf; er kehrte um und war bald zu Hause. Hier sammelte er seine Gedanken und überblickte mit klarem Auge die Lage; er setzte sein Selbstgespräch fort, aber nicht mehr in abrupten Ausrufen, wie vorhin, sondern in vernünftigen Sätzen, wie man mit einem klugen Freund über eine intime Angelegenheit spricht:

»Mit Petrowitsch kann man ja jetzt gar nicht reden; er ist wohl etwas … Seine Frau hat ihn offenbar vorhin geprügelt. Ich will ihn lieber noch einmal aufsuchen, und zwar Sonntag früh: da wird er noch vom Samstagabend etwas verkatert sein und sich stärken wollen; die Frau wird ihm aber kein Geld rausrücken; wenn ich ihm da ein Zehnkopekenstück in die Hand drücke, wird er schon mit sich reden lassen und dann …«

Am nächsten Sonntag machte er sich tatsächlich auf den Weg; er sah Frau Petrowitsch gerade das Haus verlassen und stürzte sofort die vier Treppen hinauf. Petrowitsch sah wirklich so aus, wie Akakij Akakijewitsch erwartet hatte: er war ganz verschlafen und konnte kaum den Kopf halten. Als er aber erfuhr, um was es sich handelte, wurde er wieder ganz wild.

»Nein, daraus wird nichts. Sie müssen schon einen neuen bestellen.«

Nun drückte ihm Akakij Akakijewitsch die zehn Kopeken in die Hand.

»Ich danke ergebenst«, sagte der Schneider. »Ich werde für Ihr Wohl etwas zu mir nehmen; was aber den Mantel betrifft, so können Sie ganz beruhigt sein: mit ihm ist nichts anzufangen. Dafür will ich Ihnen einen ganz vorzüglichen neuen machen.«

Akakij Akakijewitsch machte noch einen schüchternen Versuch, über die Instandsetzung des alten zu sprechen. Petrowitsch ließ ihn aber gar nicht ausreden:

»Einen neuen will ich Ihnen gern machen und werde mir die größte Mühe geben, Sie zufriedenzustellen. Man könnte ihn auch nach der ganz neuen Mode machen: mit versilberten Haken am Kragen.«

Jetzt erst sah Akakij Akakijewitsch ein, dass er unbedingt einen neuen Mantel brauchte, und diese Einsicht betrübte ihn außerordentlich. Wo sollte er denn das Geld hernehmen? Zu Weihnachten würde es allerdings eine Gratifikation geben, über diese Summe hatte er aber schon längst verfügt: er brauchte neue Beinkleider, schuldete dem Schuster etwas für das Ansetzen eines neuen Oberleders zu alten Stiefeln und wollte sich noch drei Hemden und zwei jener Wäschestücke machen lassen, die man in einem Buch nicht gut nennen kann. Kurz, die ganze Gratifikation hatte bereits ihre feste Bestimmung; selbst wenn der Direktor ihm statt der üblichen vierzig Rubel fünfundvierzig oder gar fünfzig bewilligte, so würde auch das im Vergleich zu der nötigen Summe ein Tropfen im Meer sein.

Petrowitsch pflegte allerdings oft einen so horrenden Preis zu fordern, dass selbst seine Frau dagegen protestierte: »Bist du denn verrückt? Manchmal arbeitest du ganz umsonst und jetzt verlangst du einen Preis, den du selbst nicht wert bist!«

Es war also zu erwarten, dass Petrowitsch seine Forderung auf achtzig Rubel herabsetzte; wo aber die achtzig Rubel hernehmen? Die Hälfte davon wäre noch aufzutreiben gewesen, sogar etwas mehr als die Hälfte; wo aber die andere Hälfte hernehmen? – Hier muss der Leser erfahren, wo Akakij Akakijeitsch die erste Hälfte hernehmen wollte. Von jedem ausgegebenen Rubel pflegte er nämlich eine halbe Kopeke in eine Sparbüchse zu tun. Am Ende eines jeden Semesters nahm er die Kupfermünzen heraus und wechselte sie gegen Silber um. So machte er es seit vielen Jahren, und die ersparte Summe betrug nun etwas über vierzig Rubel. Die Hälfte war also vorhanden. Es fehlten aber noch immer vierzig Rubel. Akakij Akakijewitsch dachte lange nach und entschloss sich endlich, ein Jahr lang seine täglichen Ausgaben aufs möglichste herabzusetzen, also abends keinen Tee zu trinken und kein Licht zu machen, die Schreibarbeiten aber im Zimmer der Wirtin zu verrichten; bei den Gängen in der Stadt die Füße recht vorsichtig zu setzen und so die Schuhe zu schonen; schließlich zu Hause als einzige Bekleidung seinen alten baumwollenen Schlafrock, der so ehrwürdig alt war, dass ihn selbst der Zahn der Zeit verschonte, zu tragen und möglichst wenig Wäsche zum Waschen zu geben.

Diese Entbehrungen kamen ihn anfangs schwer an; er gewöhnte sich aber allmählich an die neue Lebensweise und kam schließlich ganz gut auch ohne Abendessen aus; dafür aber hatte er geistige Nahrung in den ständigen Gedanken an den neuen Mantel. Sein Leben wurde reicher und inhaltsvoller, als ob er plötzlich geheiratet hätte und seinen Lebensweg nicht mehr allein ginge: ein neuer Lebensgefährte begleitete ihn auf allen Wegen, und dies war ein gut wattierter, dauerhafter, neuer Mantel. Er wurde viel lebhafter, und sein Charakter festigte sich, denn nun hatte er ein Lebensziel. Seine Schüchternheit, Unentschlossenheit und Unbeholfenheit waren ganz verschwunden. Seine Augen leuchteten, und durch seinen Kopf zogen verwegene Gedanken: »Soll ich mir vielleicht doch einen Marderkragen machen lassen?«

All diese Gedanken lenkten ihn so sehr ab, dass er einmal beim Abschreiben beinahe einen Fehler gemacht hätte. Er kam aber noch rechtzeitig zu sich, seufzte auf und bekreuzigte sich. Mindestens einmal im Monat suchte er Petrowitsch auf, um mit ihm über den Mantel zu konferieren: es wurde erörtert, wo man das Tuch am vorteilhaftesten kaufen und wie viel man dafür zahlen sollte. Er ging dann immer etwas besorgt, aber befriedigt heim und träumte von dem Tag, an dem er endlich den Mantel bekommen würde.

Die Sache ging viel schneller, als er erwartete. Die Gratifikation betrug zu seiner Überraschung weder vierzig, noch fünfundvierzig, sondern sechzig Rubel. Vielleicht ahnte der Direktor, dass Akakij Akakijewitsch einen Mantel brauchte, oder war es nur ein reiner Zufall? Jedenfalls wurde dadurch die Sache sehr beschleunigt: er brauchte nur noch zwei bis drei Monate zu hungern, um die achtzig Rubel beisammen zu haben. Sein sonst so ruhiges Herz pochte lebhaft. Als die achtzig Rubel endlich da waren, ging er sofort mit Petrowitsch in einen Tuchladen.

Sie kauften ganz vorzüglich ein – das fiel ihnen nicht schwer, denn sie hatten seit einem halben Jahr sämtliche Tuchläden abgesucht und alle Preise erfragt; Petrowitsch behauptete, es gäbe gar kein besseres Tuch als dieses. Zum Futter nahmen sie Baumwollzeug, aber von der allerbesten Sorte; Petrowitsch meinte, es sei viel besser und sogar eleganter als Seide. Auf den Marderkragen mussten sie verzichten, denn der Preis war wirklich zu hoch; sie nahmen dafür Katzenfell, ebenfalls von der besten Sorte; man konnte es aus einiger Entfernung für Marder halten.

Petrowitsch brauchte zur Anfertigung des Mantels zwei Wochen; es war nämlich viel Stepparbeit dabei, sonst wäre der Mantel früher fertig gewesen. Die Arbeit sollte zwölf Rubel kosten; dies war auch das Alleräußerste, denn alles war mit Seide genäht, und jede Naht wurde von Petrowitsch mit den Zähnen geglättet, die im Tuch verschiedene eingepresste Ornamente zurückließen.

Es war an einem … ich weiß nicht mehr, welcher Wochentag es war, jedenfalls war es aber der feierlichste Tag in Akakijs Leben, als er seinen Mantel bekam. Petrowitsch brachte ihn früh morgens gerade um die Stunde, als Akakij Akakijewitsch ins Amt gehen wollte. Es war die passendste Zeit, denn die Kälte war schon recht empfindlich und wurde von Tag zu Tag strenger. Petrowitsch kam mit dem Mantel so feierlich an, wie es einem tüchtigen Schneider ziemt. Sein Gesicht hatte einen so ernsten und bedeutungsvollen Ausdruck, wie es Akakij Akakijewitsch bei ihm noch nie gesehen hatte. Er war sich der Wichtigkeit seines Werks wohl bewusst und schien den Abstand zu messen, der einen Flickschneider von einem solchen trennt, der neue Sachen anfertigt. Der Mantel war in ein reines Taschentuch gehüllt, das soeben von der Waschfrau gekommen war; erst, nachdem der Mantel ausgepackt war, steckte Petrowitsch das Tuch zum weiteren Gebrauch in die Tasche. Er nahm den Mantel mit beiden Händen und warf ihn sehr elegant Akakij Akakijewitsch um die Schultern, dann zog er ihn mit einer geschickten Bewegung hinten zurecht; hierauf drapierte er ihn etwas legerer. Akakij Akakijewitsch wollte den Mantel auch richtig mit den Ärmeln anprobieren, wie es einem älteren Herrn ziemt; auch die Ärmel saßen vorzüglich. Mit einem Wort: der Mantel passte wunderbar. Petrowitsch ließ sich nicht die Gelegenheit zu der Bemerkung entgehen, er habe den billigen Preis nur darum gemacht, weil er ohne Firmenschild in einer Nebengasse wohnte und weil er Akakij Akakijewitsch so gut kannte; auf dem Newski-Prospekt hätte die Arbeit allein mindestens fünfundsiebzig Rubel gekostet.

Akakij Akakijewitsch wollte aber jede Diskussion über diesen Gegenstand vermeiden, auch machten ihm die hohen Ziffern, mit denen Petrowitsch nur so herumwarf, ordentlich Angst. Er bezahlte, dankte und ging sofort, mit dem neuen Mantel angetan, ins Amt. Petrowitsch begleitete ihn hinunter und blieb dann auf der Straße stehen, um den Mantel aus einiger Entfernung zu betrachten, dann rannte er durch ein Seitengässchen vor, so dass er Akakij Akakijewitsch überholte, um den Mantel wieder von einer anderen Seite in Augenschein zu nehmen.

Akakij Akakijewitsch ging seinen Weg zum Amt in der rosigsten Laune. Bei jedem Schritt fühlte er den neuen Mantel auf seinen Schultern sitzen und lächelte still in sich hinein. Zwei Vorteile sprangen ihm besonders in die Augen: erstens war der Mantel warm, zweitens war er schön.

Mit diesem Gedanken beschäftigt kam er in die Kanzlei, legte den Mantel im Vorzimmer ab, betrachtete ihn noch einmal von allen Seiten und übergab ihn endlich dem Portier mit der Weisung, auf ihn ganz besonders achtzugeben. Die Nachricht, dass Akakij Akakijewitsch einen neuen Mantel hatte und dass der alte Überzieher nicht mehr existierte, verbreitete sich unter den Beamten wie ein Lauffeuer. Alle begaben sich ins Portierzimmer, um den Mantel zu begutachten. Akakij Akakijewitsch musste von allen Seiten Gratulationen entgegennehmen; anfangs strahlte er dabei, wurde aber dann verlegen. Man bestürmte ihn, er müsse doch unbedingt die Neuanschaffung, wie es sich gehört, einweihen und ein Fest veranstalten; da wurde er noch mehr verlegen und wusste nicht, wie er dem entrinnen sollte. Er war ganz rot und machte den Versuch, den Kollegen einzureden, der Mantel sei gar nicht neu, es sei vielmehr der alte Mantel.

Einer der Vorgesetzten, der offenbar zeigen wollte, dass er sich nicht zu fein war, mit seinen Untergebenen zu verkehren, nahm sich seiner an und sagte:

»Ich will statt Akakij Akakijewitsch ein kleines Fest veranstalten und lade Sie hiermit für heute Abend zum Tee ein; außerdem ist heute zufällig mein Namenstag.«

Die Beamten gratulierten nun auch dem Vorgesetzten und nahmen die Einladung mit Dank an. Akakij Akakijewitsch wollte anfangs ablehnen, als man ihm aber darlegte, dass sich dies nicht schickte, willigte er ein. Der Gedanke, dass er nun die Gelegenheit haben werde, auch abends den neuen Mantel zu tragen, machte ihm sogar große Freude. Dieser ganze Tag war ein Festtag für ihn. Auch nach Hause zurückgekehrt, bewahrte er die gleiche rosige Stimmung. Er hängte den Mantel sorgfältig auf einen Wandhaken, betrachtete noch einmal das schöne Tuch und das Futter und nahm dann noch seinen alten, gänzlich unbrauchbaren Mantel vor, um Vergleiche anzustellen. Der Unterschied war wirklich so groß, dass er lachen musste. Und auch während seiner Mahlzeit lächelte er beim Gedanken an den desperaten Zustand seines alten Überziehers. Er aß mit gutem Appetit. Nach beendeter Mahlzeit ließ er für diesmal seine gewohnte Schreibarbeit ruhen und räkelte sich selig auf seinem Bett, bis der Abend anbrach. Dann kleidete er sich rasch um, zog seinen Mantel an und machte sich auf den Weg.

Wo der Vorgesetzte wohnte, der die Beamten zu sich eingeladen hatte, kann ich leider nicht angeben. Mein Gedächtnis hat sich etwas getrübt, und alle Straßen und Gassen Petersburgs sind in meinem Kopf durcheinandergeraten. Eines steht fest: der Beamte wohnte in einem besseren Stadtteil, folglich in ziemlich großer Entfernung von der Wohnung des Akakij Akakijewitsch. Er ging anfangs durch ganz leere und spärlich beleuchtete Straßen; je mehr er sich aber dem Ziel näherte, umso belebter und vornehmer wurde die Gegend. Es begegneten ihm immer mehr Passanten, darunter auch solche mit teuren Biberkragen auf ihren Mänteln, auch viele elegante Damen sah er auf seinem Weg; die einfachen messingbeschlagenen Vorstadtschlitten wurden immer seltener, dagegen tauchten viele elegant lackierte Schlitten mit Bärenfelldecken auf, die von Kutschern mit roten Samtmützen gelenkt wurden. Alles kam unserem Akakij Akakijewitsch ganz neu vor; er war seit vielen Jahren wieder zum ersten Mal abends auf der Straße. Er blieb neugierig vor der Auslage einer Bilderhandlung stehen und versenkte sich in die Betrachtung eines Bildes, auf dem eine schöne Dame dargestellt war, die sich gerade einen Schuh auszog und dabei ihr wirklich schönes Füßchen zeigte, während ein Herr mit Backenbart sie durch eine hinter ihrem Rücken befindliche Tür beobachtete.

Akakij Akakijewitsch schüttelte den Kopf und ging lächelnd weiter. Warum lächelte er? Weil er in eine Welt hineingeschaut hatte, die ihm zwar fremd war, für die aber doch ein jeder etwas Interesse hat, oder weil ihm der übliche Gedanke durch den Kopf ging: »Nein, diese Franzosen! Wenn die schon etwas machen, so ist es sozusagen …« Vielleicht dachte er auch gar nicht daran; ich konnte ihm ja nicht ins Herz sehen und seine Gedanken lesen.

Endlich erreichte er die Wohnung seines Vorgesetzten. Dieser lebte auf großem Fuß: die Wohnung befand sich im zweiten Stock, und die Stiege war sogar beleuchtet. Im Vorzimmer stand bereits eine lange Reihe Galoschen, daneben dampfte und summte ein Samowar. An der Wand hingen viele Mäntel und Paletots, darunter auch solche mit Biberkragen und Samtaufschlägen. Aus dem Nebenzimmer drangen Stimmen und Geräusche, die ganz deutlich wurden, als sich die Tür öffnete und ein Diener herauskam, der ein Tablett mit leeren Tassen, einem Milchtopf und einem Zwiebackkorb trug. Die Beamten waren wohl vollzählig versammelt und hatten anscheinend die erste Tasse Tee geleert.

Akakij Akakijewitsch hängte nun seinen Mantel eigenhändig an die Wand und trat ein; er sah Kerzen, Beamte, Kartentische und Pfeifen vor sich und hörte Stimmengewirr und Stühlerücken. Er blieb verlegen mitten im Zimmer stehen und wusste nicht, was er nun anfangen sollte. Man hatte ihn aber bereits bemerkt; die Kollegen begrüßten ihn stürmisch und gingen dann alle ins Vorzimmer hinaus, um den Mantel noch einmal in Augenschein zu nehmen. Akakij Akakijewitsch wurde ganz rot vor Verlegenheit, doch freute es ihn aufrichtig, dass der Mantel allen so gut gefiel. Die Kollegen ließen natürlich sehr bald ihn und seinen Mantel in Ruhe und wandten sich dem Whist zu. Der Lärm, das Stimmengewirr und die vielen Leute, kurz, all das Ungewohnte wirkte auf den schüchternen Akakij direkt betäubend; er wusste nicht, wie er sich zu benehmen hatte und wo er seine Hände und seine ganze Gestalt hintun sollte. Endlich ließ er sich an einem der Spieltische nieder und begann, den Spielern in die Karten zu schauen. Dies langweilte ihn auf die Dauer, und bald begann er zu gähnen, denn die Stunde, um die er gewöhnlich zu Bett ging, war längst vorüber. Er wollte sich verabschieden, man hielt ihn aber mit Gewalt zurück: er müsse noch unbedingt zur Feier des Tages Champagner trinken.

Bald kam das Abendessen, das aus einem Fleischsalat, kaltem Kalbsbraten, einer Pastete, Kuchen und Champagner bestand. Akakij Akakijewitsch musste zwei Glas davon trinken; dies heiterte ihn etwas auf, doch vergaß er für keinen Augenblick, dass es schon zwölf Uhr war und dass er eigentlich längst im Bett sein sollte. Er fürchtete, wieder mit Gewalt zurückgehalten zu werden, und schlich sich unbemerkt ins Vorzimmer. Er fand da seinen Mantel auf dem Boden liegen, was ihn sehr betrübte. Er hob ihn auf, putzte ihn sorgfältig und war bald auf der Straße.

Auf der Straße war es noch hell. Viele Gemischtwarenläden – diese Versammlungslokale der Dienerschaft und auch anderer Menschen – waren noch geöffnet; andere Läden waren geschlossen, doch verriet der durch die Türspalten dringende Lichtschein, dass inwendig noch Leben herrschte und dass manches Dienstmädchen ihren Klatsch noch nicht beendet hatte. Akakij Akakijewitsch ging seinen Weg in der besten Gemütsverfassung und ließ sich sogar hinreißen, eine Zeitlang einer Dame zu folgen, bei der jeder Körperteil ungewöhnliche Beweglichkeit verriet; aber blitzschnell verschwand sie aus seinem Gesichtskreis. Er wunderte sich selbst über seine Unternehmungslust und ging zu seiner früheren gemächlichen Gangart über. Er kam allmählich in die stilleren entlegeneren Straßen, die auch bei Tageslicht wenig anheimelnd sind, umso weniger aber nachts. Die Laternen wurden immer spärlicher, und ihr Licht wurde trüber, denn in der Vorstadt sparte man offenbar mit dem Öl. Endlose Bretterzäune zogen sich hin, und weit und breit war kein Mensch. Man sah nur noch glitzernden Schnee und die kleinen Häuschen, in denen alles schlief. Er näherte sich der Stelle, wo die lange Straße auf einen ungeheuer weiten Platz mündete. Der Platz war so weit, dass man die Häuser auf der anderen Seite kaum sehen konnte.

Irgenwo in der Ferne flackerte das Licht eines Schilderhäuschens, das am Ende der Welt zu stehen schien. Die Stimmung Akakij Akakijewitschs schlug etwas um. Eine seltsame Angst bemächtigte sich seiner, als er diesen weiten Platz betrat, und sein Herz empfand etwas wie drohendes Unheil. Er blickte nach allen Seiten und fühlte sich plötzlich wie auf dem Meer. Er schaute lieber gar nicht hin und ging mit geschlossenen Augen weiter. Als er sie öffnete, um festzustellen, wie weit es noch bis zum Ende des Platzes war, erblickte er vor seiner Nase mehrere Männer mit langen Schnurrbärten. Es wurde ihm dunkel vor Augen, und sein Herz begann zu zittern.

»Der Mantel gehört mir!«, schrie ihn einer der Unbekannten an und packte ihn am Kragen.

Akakij Akakijewitsch wollte um Hilfe rufen, ein Mann hielt ihm aber seine Faust in der Größe eines Beamtenkopfs vor die Nase und sagte:

»Versuch nur zu schreien!«

Akakij Akakijewitsch fühlte noch, wie ihm der Mantel vom Leib gerissen wurde und wie man ihm einen tüchtigen Fußtritt versetzte. Dann taumelte er, fiel in den Schnee und verlor das Bewusstsein. Als er nach einigen Minuten zu sich kam, war er wieder allein. Es war kalt, und der Mantel war fort. Er begann zu schreien, seine Stimme konnte aber nicht bis ans Ende des Platzes dringen. Er lief verzweifelt und schreiend auf das Schilderhäuschen zu. Der Wachsoldat erwartete ihn, auf seine Hellebarde gestützt, voller Neugier; es interessierte ihn, warum dieser Mensch so rannte und schrie. Akakij Akakijewitsch fragte ihn mit keuchender Stimme, warum er auf seinem Posten schlief und gemütlich zuschaute, wie ein Mensch ausgeraubt wurde.

Der Wachsoldat erklärte, nichts gesehen zu haben; er habe wohl gesehen, wie Akakij Akakijewitsch mitten auf dem Platz von zwei Männern gestellt worden sei, doch glaubte er, es seien seine Freunde gewesen; was aber den Mantel beträfe, so möge er, statt zu schreien, sich lieber morgen zum Revieraufseher bemühen, dieser werde den Mantel und die Diebe schon ausfindig machen.

Akakij Akakijewitsch erreichte endlich seine Wohnung in einem schrecklichen Zustand; die wenigen Haare, die er noch an den Schläfen und im Nacken hatte, waren zerzaust, und seine ganze Kleidung war mit Schnee bedeckt. Die alte Wirtin eilte auf sein heftiges Pochen zur Tür, mit nur einem Schuh bekleidet und das Hemd verschämt vorne mit der Hand zusammenhaltend. Sie sah Akakij Akakijewitschs Zustand und trat erschrocken zurück. Als er ihr den Sachverhalt erklärt hatte, schlug sie die Hände zusammen und meinte, er müsse sich an den Polizeiinspektor wenden; der Revieraufseher würde ihn nur mit leeren Versprechungen abspeisen; mit dem Polizeiinspektor sei sie dagegen bekannt, denn ihre frühere Köchin, die Finnin Anna, sei jetzt bei ihm als Kindermädchen angestellt; sie sehe ihn fast täglich auf der Straße und jeden Sonntag in der Kirche – er sei also offenbar ein guter und ordentlicher Mensch. Akakij Akakijewitsch ging traurig zu Bett, und jeder, der sich in eine fremde Lage versetzen kann, wird wohl begreifen, wie er diese Nacht zubrachte.

Am nächsten Morgen ging er ganz früh zum Polizeiinspektor; man sagte ihm, dieser schlafe noch. Er kam um zehn wieder – der Polizeiinspektor schlief noch immer. Als er um elf kam – war der Polizeiinspektor ausgegangen. Schließlich kam er um die Mittagszeit; die Schreiber wollten ihn nicht vorlassen und verlangten zu wissen, in welcher Angelegenheit er käme. Akakij Akakijewitsch zeigte nun zum ersten Mal in seinem Leben, dass auch er energisch sein konnte, und erklärte, er müsse den Polizeiinspektor unbedingt persönlich sprechen; es handle sich um eine wichtige amtliche Angelegenheit, und wenn sie ihn nicht vorließen, werde er sich beschweren. Die Schreiber mussten nachgeben, und einer von ihnen holte den Polizeiinspektor. Dieser nahm die Erzählung Akakij Akakijewitschs höchst sonderbar auf. Er zeigte wenig Interesse für seinen Mantel, begann ihn dagegen auszufragen, was er denn überhaupt zu so später Stunde auf der Straße zu suchen gehabt hätte und ob er nicht gar in einem verdächtigen Haus gewesen sei. Diese Fragen machten ihn erröten, und er ging heim, ohne erfahren zu haben, ob der Polizeiinspektor in der Sache etwas zu unternehmen gedachte.

An diesem Tag ging er nicht ins Amt, was ihm zum ersten Mal im Leben passierte. Am nächsten Tag ging er aber doch hin, und zwar wieder in seinem alten Überzieher, der noch trauriger aussah als je. Einzelne Beamte rissen selbst bei dieser traurigen Geschichte ihre Witze; die meisten waren aber so gerührt, dass sie sogar eine Kollekte für einen neuen Mantel veranstalteten. Da die Beamtenschaft kurze Zeit vorher durch zwei andere Kollekten – für ein Bildnis des Direktors und für die Subskription auf ein Werk, das ein Freund des Direktors verfasst hatte, ausgeplündert worden war, ergab diese Kollekte ein überaus trauriges Resultat. Ein Kollege gab aber Akakij Akakijewitsch den Rat, er möchte sich doch nicht an den Polizeiinspektor wenden: dieser würde das Gestohlene vielleicht wiederfinden, um den Vorgesetzten seine Tüchtigkeit zu beweisen, doch werde der Mantel in den Händen der Polizei bleiben, es habe ja keiner einen gesetzlichen Beweis, dass der Mantel ihm gehöre. Er möchte sich doch an »einen gewissen Würdenträger« wenden, der bei seinen guten Beziehungen die Sache erfolgreicher durchführen könne.

Akakij Akakijewitsch entschloss sich also, jenen »Würdenträger« aufzusuchen. Welches Amt diese Person bekleidete, ist auch heute noch nicht aufgeklärt. Es muss bemerkt werden, dass der »Würdenträger« seine Würde erst seit kurzem erhalten hatte; vorher hatte er gar keine. Das Amt, das diese Persönlichkeit bekleidete, war übrigens gar nicht so hervorragend, denn es gibt noch viel höhere Ämter. Manche Leute sind aber stets geneigt, auch das minder Bedeutende für sehr bedeutend zu halten. Der betreffende Beamte gab sich auch die größte Mühe, den Anschein einer sehr bedeutenden Persönlichkeit zu erwecken; so hatte er verfügt, dass ihn die Untergebenen jeden Morgen unten an der Treppe erwarteten und dass niemand ohne Anmeldung vorgelassen werde. Überall musste die strengste Ordnung herrschen: der Kollegienregistrator hatte jedes Gesuch dem Gouvernementssekretär vorzulegen, dieser meldete es dem Titularrat, und so kam die Sache schließlich auch in seine Hand. Es ist schon einmal so in unserem heiligen Russland, dass jeder Beamte bestrebt ist, es seinen Vorgesetzten gleichzutun. So hat einmal ein Titularrat, der zum Vorstand einer kleinen Kanzlei ernannt wurde, in seinem Amtslokal ein eigenes kleines Kämmerchen als »Sitzungssaal« eingerichtet; an der Tür dieses Zimmers standen zwei betresste Diener mit roten Aufschlägen, die wie Logenschließer aussahen und jeden Besucher zu melden hatten, obwohl der »Sitzungssaal« so klein war, dass in ihm kaum ein Schreibtisch Platz hatte.

Der »Würdenträger« waltete seines Amtes mit großer Würde und Wichtigkeit. Das System beruhte in erster Linie auf Strenge. »Strenge, Strenge und – Strenge«, so pflegte er seinen Untergebenen immer einzuschärfen; das war aber ganz überflüssig, denn die wenigen Beamten, die er unter sich hatte, waren ohnehin genügend eingeschüchtert. Wenn er durch die Kanzlei ging, ließen alle die Arbeit ruhen und sprangen ehrerbietig auf. Im Verkehr mit den Untergebenen gebrauchte er eigentlich nur folgende drei Redewendungen: »Wie unterstehen Sie sich? Wissen Sie eigentlich, mit wem Sie sprechen? Begreifen Sie, wer vor Ihnen seht?« Im Grunde genommen war er sehr gutmütig, freundlich und liebenswürdig, der Geheimratstitel hatte ihm aber ganz den Kopf verdreht. Wenn er mit Gleichgestellten verkehrte, gab er sich sehr einfach und natürlich und machte den Eindruck eines anständigen und gescheiten Menschen. Kaum sah er aber jemanden vor sich, der im Dienstrang etwas unter ihm stand, so wurde er schweigsam und verschlossen und machte einen recht jämmerlichen Eindruck. Er hatte oft Lust, an einem interessanten Gespräch teilzunehmen, aber gleich kam ihm der Gedanke: wird es meine Würde nicht beeinträchtigen, wenn ich mich so familiär und vertrauensselig zeige? Und so schwieg er meistens und galt daher für sehr langweilig.

Zu diesem »Würdenträger« kam nun Akakij Akakijewitsch mit seinem Anliegen, und zwar in einem Augenblick, der für ihn höchst ungünstig war; dem Würdenträger kam der Besuch aber sehr gelegen. Er unterhielt sich gerade mit einem zugereisten Jugendfreund, den er seit Jahren nicht gesehen hatte, als ihm der Besuch eines gewissen Baschmatschkin gemeldet wurde.

»Wer ist's?«, fragte er kurz.

»Ein Beamter.«

»So! Der kann warten, ich habe jetzt keine Zeit.«

Ich muss bemerken, dass der Würdenträger log, denn er hatte Zeit im Überfluss. In der Unterhaltung mit dem Jugendfreund waren alle Gesprächsstoffe längst erschöpft, und sie bestand nun darin, dass sie sich abwechselnd auf die Schulter klopften und dazu sagten: »So ist's, Iwan Abramowitsch« – »Ja, ja, Stepan Warlamowitsch!« Er ließ aber den Besuch warten, um den Freund, der seit Jahren auf dem Land lebte und alle Herrlichkeiten des Staatsdienstes vergessen hatte, zu zeigen, wie die Beamten bei ihm antichambrieren mussten. Endlich war diese Unterhaltung beendet, beide saßen rauchend in höchst bequemen Lehnsesseln, als dem Geheimrat plötzlich der vorhin gemeldete Besuch einfiel. Er sagte dem Sekretär, der ihm Papiere zur Unterschrift gebracht hatte und in ehrerbietiger Haltung an der Tür stand:

»Ich glaube, dort wartet irgendein Beamter. Sagen Sie ihm, er möchte eintreten.«

Als der Würdenträger die klägliche Gestalt und die schäbige Uniform des Akakij Akakijewitsch erblickte, herrschte er ihn brüsk an:

»Sie wünschen?«

Diesen brüsken Ton hatte er noch acht Tage vor seiner Ernennung zum Geheimrat vor dem Spiegel eingeübt.

Akakij Akakijewitsch, der auch ohnehin ganz eingeschüchtert war, verlor nun ganz die Fassung. Er erzählte, so gut er konnte, sein gewohntes Wortpartikel öfter als sonst gebrauchend, er hätte einen ganz neuen Mantel gehabt, der nun gestohlen worden sei, und darum wende er sich an seine Exzellenz mit der Bitte, dem Polizeipräsidenten über die Sache zu schreiben und so bei der Suche nach dem Mantel behilflich zu sein. Diese Zumutung kam dem Geheimrat etwas bunt vor.

»Kennen Sie denn die Vorschriften nicht? Wo stehen Sie jetzt? Wissen Sie denn nicht, dass die Gesuche an die Kanzlei zu richten sind, wo sie vom Kanzleivorstand entgegengenommen werden, der sie dem Abteilungsvorstand vorlegt, um dann erst vom Sekretär mir überbracht zu werden?«

»Euer Exzellenz«, stotterte Akakij Akakijewitsch mit dem Aufwand seiner ganzen Geistesgegenwart und aus allen Poren schwitzend, »ich wagte es, mich direkt an Euer Exzellenz zu wenden, weil auf die Sekretäre … sozusagen kein Verlass ist …«

»Was?«, schrie der Geheimrat auf. »Wo haben Sie sich mit solchem Geist angesteckt? Wo haben Sie diese Ideen her?

Wie unterstehen Sie sich, als junger Beamter hier solche Reden zu führen?«

Der Würdenträger schien gar nicht zu bemerken, dass Akakij Akakijewitsch hoch in den Fünfzigern stand und höchstens noch im Vergleich zu ihm selbst, der etwa siebzig Jahre alt war, »jung« genannt werden konnte.

»Wissen Sie auch, mit wem Sie reden? Begreifen Sie, wen Sie vor sich haben? Begreifen Sie es? Ich frage Sie, ob Sie es begreifen!«

Er stampfte mit dem Fuß auf und schrie so laut, dass auch jeder andere Mensch an der Stelle des Akakij Akakijewitsch erschrocken wäre. Auf Akakij Akakijewitsch machte dieser Auftritt aber einen solchen Eindruck, dass er am ganzen Leibe bebte und zu taumeln begann; wenn ihn zwei herbeigeeilte Diener nicht gestützt hätten, wäre er zu Boden gefallen. Der Würdenträger war mit dem erzielten Effekt, der alle seine Erwartungen übertraf, sehr zufrieden; er warf einen Seitenblick auf den Freund, um zu sehen, welchen Eindruck dieser von der großartigen Szene hatte und stellte mit Genugtuung fest, dass auch dieser verdutzt und sogar etwas erschrocken war.

Wie Akakij Akakijewitsch die Treppe herunterkam und wie er auf die Straße gelangte – das konnte er später selbst nicht begreifen; eine solche Rüge hatte er noch nie im Leben bekommen, und noch dazu von einem Geheimrat eines fremden Ressorts. Er ging mit offenem Mund und wankend durch den Schneesturm, der draußen wütete, ohne auf den Weg zu achten. Der kalte Wind wehte ihn nach Petersburger Art von allen vier Seiten zugleich an. Er zog sich auch sogleich eine Halsentzündung zu, und als er endlich zu Hause anlangte und sich ins Bett legte, hatte er bereits die Sprache verloren. Solche Wirkungen kann manchmal eine tüchtige Rüge haben!

Am nächsten Tag hatte er hohes Fieber. Mit der großmütigen Unterstützung des Petersburger Klimas entwickelte sich die Krankheit rapider, als man erwarten konnte. Der herbeigerufene Arzt betastete seinen Puls und verschrieb ihm heiße Umschläge, damit dem Kranken wenigstens etwas von den Wohltaten der Medizin zuteilwerde; zugleich erklärte er ihm, er habe höchstens zwei Tage zu leben. Der Wirtin sagte er aber:

»Verlieren Sie keine Zeit und bestellen Sie gleich einen Fichtensarg; ein Eichensarg wird wohl zu teuer kommen.«

Ob Akakij Akakijewitsch diese Worte gehört hatte, und, wenn er sie gehört hatte, ob sie auf ihn einen Eindruck machten, ob es ihm da um sein armseliges Leben leid tat – weiß kein Mensch, denn er fieberte und phantasierte die ganze Zeit. Seltsame Gesichte verfolgten ihn unaufhörlich. Er sah den Schneider Petrowitsch, bei dem er einen neuen Mantel mit Fangeisen für die Diebe bestellte; er glaubte sich von Dieben umgeben, und er flehte die Wirtin an, sie möchte doch einen Dieb, der sich zu ihm unter die Decke geschlichen hatte, herausziehen; er fragte, warum der alte Überzieher vor ihm hing, da er doch einen neuen Mantel hatte; zuweilen kam es ihm vor, als stehe er noch immer vor dem Geheimrat, der ihm eine Rüge erteilte, und da wiederholte er immer: »Ich bitte Euer Exzellenz um Vergebung!« Dann schimpfte er wieder in so unflätigen Ausdrücken, dass die alte Wirtin, die von ihm noch nie derartige Worte vernommen hatte, sich erschrocken bekreuzigte, umso mehr, weil diese Ausdrücke immer der Anrede »Euer Exzellenz« folgten. Dann redete er ganz unsinniges Zeug; das Einzige, was man daraus verstehen konnte, war, dass seine Gedanken sich immer um den Mantel drehten. Schließlich gab der arme Akakij Akakijewitsch seinen Geist auf.

Sein Zimmer wurde nicht versiegelt, und von seinem Nachlass wurde keine Inventur aufgenommen: erstens hatte er keine Erben, und zweitens bestand der ganze Nachlass aus einem Bündel Gänsefedern, einem Buch weißen Kanzleipapiers, drei Paar Strümpfen, einigen Hosenknöpfen und dem alten Morgenrock, den der Leser schon kennt. Wem diese Gegenstände zufielen, ist unbekannt; ich habe mich dafür nicht interessiert. Akakij Akakijewitsch wurde begraben, und Petersburg schien ihn gar nicht zu vermissen. So verschwand ein Wesen, das ganz schutzlos war, dem niemand eine Träne nachweinte und für das sich niemand interessierte, selbst die Naturforscher nicht, die gewöhnliche Fliegen einfangen, um sie mit dem Mikroskop zu betrachten; ein Mensch, der jeden Spott voller Demut über sich ergehen ließ, der so mir nicht dir nichts zugrunde ging, der aber vor seinem Lebensende einen lichten Gast empfangen hatte – in Gestalt des Mantels, der sein armseliges Leben für einen Augenblick mit hellem Glanz erfüllte – und der schließlich vom Unglück zermalmt wurde, das auch die Mächtigen der Erde nicht verschont.

Einige Tage nach seinem Tod kam ein Bürodiener in seine Wohnung mit dem Befehl, er möchte doch sofort ins Amt kommen: der Herr Amtsvorstand brauche ihn. Der Bote kehrte aber unverrichteter Dinge zurück und richtete aus, Akakij Akakijewitsch werde nicht mehr kommen. Auf die Frage »Warum?« sagte er:

»Er ist gestorben. Vor vier Tagen war die Beerdigung.« Auf diese Weise erfuhr man in der Ministerialabteilung von seinem Hinscheiden; am nächsten Tag saß auf seinem Platz ein neuer Beamter, der viel größer war als der Verstorbene und der die Buchstaben nicht so steil, sondern viel schräger setzte.

Doch wer hätte gedacht, dass die Geschichte von Akakij Akakijewitsch noch nicht zu Ende ist und dass es ihm vergönnt war, noch einige Tage nach seinem Tod Aufsehen zu erregen, wohl als Entgelt für sein unbemerkt gebliebenes Leben? So war es in der Tat, und hier nimmt unsere traurige Geschichte eine phantastische Wendung.

In Petersburg verbreitete sich das Gerücht, in der Gegend der Kalinkinbrücke treibe sich jede Nacht ein Gespenst in einer Beamtenuniform herum, das einen ihm gestohlenen Mantel suche und unter diesem Vorwand allen Passanten, ohne Ansehen ihres Standes oder Ranges, die Mäntel herunterreiße: Mäntel, die mit Watte, mit Katzen-, Biber-, Fuchs-, Bären- und Nerzfell gefüttert waren, kurzum, alle möglichen Mäntel, mit denen die Menschen die eigene Haut bedeckten. Ein Ministerialbeamter hatte das Gespenst mit eigenen Augen gesehen und in ihm den verstorbenen Akakij Akakijewitsch erkannt; er bekam solche Angst, dass er wie verrückt davonlief und nur noch sah, wie ihm das Gespenst mit dem Finger drohte. Unausgesetzt liefen Klagen, nicht nur von Titular-, sondern auch von Hofräten ein, das Gespenst habe ihnen den Mantel geraubt und sie hätten sich dadurch bedenkliche Erkältungen zugezogen.

An die Polizei erging der Befehl, den Toten tot oder lebendig einzufangen und exemplarisch zu bestrafen. Es wäre ihr auch beinahe geglückt: in der Kirjuschkingasse erwischte ein Wachsoldat den Toten gerade in dem Augenblick, als dieser im Begriff war, einem ausgedienten Musikanten, der vor Jahren Flöte geblasen hatte, seinen Friesmantel von den Schultern zu reißen. Er hatte das Gespenst am Kragen gepackt und der Obhut zweier herbeigerufener Kameraden übergeben; er selbst holte seine Tabaksdose hervor, um seine Nase, die schon sechsmal eingefroren war, mit einer Prise zu beleben. Der Tabak war wohl auch für einen Toten zu stark, denn kaum hatte sich der Wachsoldat ein Quantum Tabak in die Nase gestopft, als das Gespenst so heftig zu niesen begann, dass alle drei die Augen schließen mussten. Während sich die Soldaten die Augen rieben, war das Gespenst spurlos verschwunden, und sie zweifelten später, ob sie es überhaupt in den Händen gehabt hatten. Von nun an bekamen alle Wachsoldaten solche Angst vor Toten, dass sie selbst lebende Verbrecher zu verhaften fürchteten und ihnen nur von weitem zuriefen: »Na, du! Mach, dass du weiterkommst!« Das Gespenst des toten Beamten wurde infolgedessen immer frecher und zeigte sich zuweilen auch diesseits der Kalinkinbrücke.

Nun wollen wir zu dem »Würdenträger« zurückkehren, der eigentlich den phantastischen Verlauf unserer, übrigens höchst wahrhaften Geschichte, verursacht hatte. Um der Wahrheit Genüge zu tun, sei hier festgestellt, dass er bald nach dem Auftritt von Akakij Akakijewitsch etwas wie Mitleid verspürte. Denn Mitgefühl war diesem Beamten nicht fremd, und nur sein hoher Rang hinderte ihn, seine Herzensregungen zum Durchbruch kommen zu lassen. Sobald der zugereiste Freund gegangen war, fiel ihm wieder der Titularrat ein. Dann verfolgte ihn fast täglich das Bild des bleichen Akakij Akakijewitsch, für den die Rüge so traurige Folgen gehabt hatte. Endlich entschloss er sich, einen seiner Beamten hinzuschicken, um zu erfahren, wie es ihm gehe und ob ihm nicht irgendwie zu helfen wäre. Als er nun erfuhr, dass Akakij Akakijewitsch ganz plötzlich gestorben war, fühlte er Gewissensbisse und war dann den ganzen Tag schlechter Laune.

Um diese Laune zu vertreiben und sich etwas zu zerstreuen, begab er sich abends zu einem seiner Freunde, wo er eine sehr angenehme Gesellschaft antraf: lauter Herren des gleichen Dienstrangs wie er, so dass er sich ganz ungezwungen benehmen konnte. Dies übte auf ihn einen wunderbaren Einfluss aus: er wurde gesprächig und liebenswürdig und verbrachte den ganzen Abend in der besten Stimmung. Beim Souper trank er zwei Glas Champagner, was bekanntlich recht günstig auf die Stimmung wirkt. Der Champagner weckte in ihm die Lust zu einigen Extravaganzen: er beschloss nämlich, nach dem Souper nicht gleich nach Hause zurückzukehren, sondern eine Dame, mit der er recht intim befreundet war, zu besuchen; sie hieß Karolina Iwanowna und war, wenn ich nicht irre, deutscher Herkunft. Der Würdenträger war übrigens nicht mehr jung und galt als musterhafter Gatte und Familienvater. Zwei

Söhne, von denen der eine bereits im Staatsdienst war, und eine sechzehnjährige Tochter mit einem etwas gebogenen, aber hübschen Näschen küssten ihm jeden Morgen die Hand mit dem Gruß: »Bonjour, Papa!« Seine Gattin, eine gut erhaltene und stattliche Dame, ließ ihn zuerst ihre Hand küssen und küsste dann die seinige.

Er war also in seinem Familienleben recht glücklich, und doch pflegte er freundschaftlichen Verkehr mit einer Dame, die in einem anderen Stadtteil wohnte und die weder schöner noch jünger war als seine Frau; solche Rätsel kommen alle Tage vor, und wir wollen sie hier nicht näher untersuchen.

Der Würdenträger ging die Treppe hinunter, setzte sich in den Schlitten und befahl dem Kutscher: »Zu Karolina Iwanowna!« In seinen warmen Pelzmantel gehüllt, befand er sich in jenem glückseligen Zustand, den der Russe so sehr liebt: man denkt an nichts, und die angenehmsten Gedanken kommen einem ganz von selbst in den Kopf, so dass man ihnen gar nicht nachzulaufen braucht. Er dachte an den so vergnügt verbrachten Abend und an all die guten Witze, die dort zum Besten gegeben worden waren; er wiederholte sie jetzt leise vor sich hin und fand sie noch immer so gelungen und pointiert, dass er herzlich darüber lachen musste. Zuweilen wurde er durch den höchst lästigen Wind abgelenkt, der ohne ersichtlichen Grund von irgendwo kam, ihn mit Schnee überschüttete, schmerzhaft ins Gesicht zwickte und den Pelzkragen wie ein Segel aufblähte, so dass er mit ihm ordentlich zu kämpfen hatte.

Plötzlich fühlte sich der Würdenträger am Kragen gepackt. Als er sich umwandte, erblickte er einen älteren Beamten, in dem er zu seiner Bestürzung Akakij Akakijewitsch erkannte. Das Gesicht des Beamten war leichenblass. Der Schreck des Würdenträgers steigerte sich aber ins Grenzenlose, als der Tote den Mund öffnete, dem der kalte Hauch des Grabes entströmte, und die Worte sprach:

»Da bist du ja! Endlich habe ich dich beim Kragen erwischt! Deinen Mantel suche ich ja eben. Du wolltest dich meines Mantels nicht annehmen und hast mich obendrein noch beschimpft, jetzt gibst du mir deinen dafür!«

Der arme Würdenträger war halbtot vor Angst. Er, der in seiner Kanzlei so energisch vor seinen Untergebenen aufzutreten verstand, war jetzt so außer sich vor Schreck, dass er einen Ohnmachtsanfall befürchtete; so geht es übrigens in ernsten Augenblicken vielen, die sonst ein imposantes Auftreten haben. Er zog sich selbst den Mantel von seinen Schultern und schrie dem Kutscher mit wilder Stimme zu: »Rasch nach Hause!« Als der Kutscher diesen Ton hörte, der gewöhnlich von noch handgreiflicheren Ausbrüchen begleitet war, duckte er sich und schlug wütend auf die Pferde ein. In sechs Minuten hielt der Schlitten vor dem Haus. So kam der Würdenträger bleich, erschrocken und seines Mantels beraubt – statt zur Karolina Iwanowna – nach Hause. Er ging sofort auf sein Zimmer, wo er eine qualvolle Nacht verbrachte. Am nächsten Morgen sah er so schlecht aus, dass seine Tochter ihm beim Frühstück sagte:

»Du bist ja heute ganz blass, Papa!«

Der Papa erwiderte aber darauf gar nichts und verlor auch kein Wort darüber, wo er die letzte Nacht gewesen war und was er noch vorgehabt hatte. Dieser Vorfall hinterließ einen tiefen Eindruck bei ihm. Seine Untergebenen bekamen jetzt viel seltener die Worte: »Wie unterstehen Sie sich? Wissen Sie, mit wem Sie reden?« zu hören; und wenn er sie dennoch zuweilen gebrauchte, so doch immer erst nach Anhörung des Sachverhalts.

Das Merkwürdigste aber war, dass das Gespenst von jenem Tag an sich nicht mehr sehen ließ: der Mantel des Würdenträgers schien ihm ausgezeichnet zu passen. Wenigstens hörte man nichts mehr von neuen Manteldiebstählen. Viele Leute konnten sich aber nicht beruhigen und behaupteten, das Gespenst tauche immer wieder hier und da in den entlegeneren Stadtbezirken auf. Ein Wachsoldat aus der Kolomnavorstadt hatte das Gespenst des toten Titularrats auch wirklich noch einmal gesehen. Dieser Soldat war von Natur etwas schwächlich, so dass ihn einmal ein junges Schwein, das ihm unter die Füße lief, zum größten Gaudium der Droschkenkutscher zum Fallen brachte; sie mussten ihm später dafür, dass sie über ihn gelacht hatten, je eine halbe Kopeke Entschädigung zahlen. Dieser Wachsoldat war also so schwach, dass er sich nicht traute, das Gespenst zu stellen. Er verfolgte es nur schweigend durch die finsteren Gassen, bis es sich umwandte und fragte: »Was willst du denn?«, wobei es ihm eine so mächtige Faust zeigte, wie sie auch bei lebenden Menschen nicht oft vorkommt. Der Wachsoldat murmelte: »Gar nichts …«, und machte sofort kehrt. Das Gespenst war aber viel größer gewachsen, als es Akakij Akakijewitsch bei Lebzeiten gewesen war, und hatte einen mächtigen Schnurrbart. Es schlug anscheinend die Richtung zur Obuchowschen Brücke ein und verschwand in der Nacht.

Nachwort

Mit Nikolai Gogol beginnt eine neue Zeit in der russischen Literatur. »Von Gogol an ist die russische Literatur modern; es ist mit ihm alles auf einmal da.« (Thomas Mann) Gogols erste, noch der ukrainischen Lebens- und Legendenwelt verhafteten Erzählungen – »Abende im Weiler bei Dikanka« – erschienen in zwei Teilen 1831 und 1832 und waren aufgrund ihrer stilistischen Originalität und schwankhaften Phantastik in Russland ein großer Erfolg. Doch bereitet sich in ihnen schon das geistige und soziale Spannungsfeld vor, in dem sich Gogols Schreiben hinfort bewegen wird: Russland und die Ukraine, Realismus und Groteske, Moral und Religiosität, Ost und West, St. Petersburg und Moskau, Beamtenhierarchie und Korruption, Zarismus und Zensur. Und während die ›fortschrittliche Partei‹ seiner Leser ihn für das schonungslose Bild der russischen Wirklichkeit feiert und verehrt, sieht die ›konservative Partei‹ in seinen Darstellungen nur eine fratzenhafte Karikatur der bestehenden Verhältnisse.

Doch niemand kann sich der Strahlkraft seiner Werke entziehen, und es bleibt tatsächlich ein Geheimnis, mit welchen Mitteln Gogol es schafft, Komik, Spannung, Entsetzen, Tragik, Empathie, mit einem Wort: das gesamte Arsenal menschlicher Bedrückung und verfehlter Leidenschaft so lebendig vor Augen zu stellen, dass wir nicht nur voller Anteilnahme dem Geschehen folgen, sondern uns selbst in unserer Ambivalenz darin widergespiegelt und seelisch aufgehoben finden.

Das für Gogol zentrale Thema ist die Moral, die persönliche und die gesellschaftliche Moral. »Um Gutes zu bewirken«, war der junge Gogol nach Petersburg gegangen – um Gutes zu bewirken, schrieb er seine Literatur. Er geißelte Missstände, aber nicht aus einer vordergründig politischen Perspektive, sondern aus der Perspektive des erlittenen Lebensalltags, in dem sich oftmals recht beschränkte, aber ebenso abgefeimte und zwielichtige Menschen in absurdesten Verstrickungen, Ambitionen und Heilserwartungen verlieren. Alle Gogolschen Texte durchfließt ein von Mitleid und Menschenliebe gespeister Wärmestrom, der aber durch das scharfe Schwert der Groteske und Satire davor gefeit ist, in wohlfeile Sentimentalität abzugleiten. Der Begriff der Menschenliebe wird später eine entscheidende Rolle bei Dostojewski spielen, und Turgenjew erklärte: »Wir kommen alle von Gogols *Mantel* her.«

Das Element des Grotesken ist dabei ein konstitutiver Bestandteil der Wirklichkeit und zeigt sich bereits in der strengen Hierarchie und dem bizarren Verhältnis von Leibeigenen und Herrschaft, von einfacher Bevölkerung und Beamtenschaft, welche sich wie Mehltau über das russische Riesenreich gelegt hat. Auch die Ukraine, wörtlich übersetzt »Grenzland«, unterstand seit Mitte des 17. Jahrhunderts der Herrschaft der russischen Zaren. Der deutsche Schriftsteller und Russlandkenner Friedrich von Bodenstedt schreibt: »Dem Volke gegenüber steht der begüterte Adel und die zum größten Teile unbegüterte Beamtenwelt, deren sprichwörtliche Bestechlichkeit sich einigermaßen aus ihrem unzulänglichen Diensteinkommen erklärt. Die Mehrzahl der Beamten war immer auf Erpressung angewiesen, um standesgemäß leben zu können, woraus sich dann, bei immer wachsenden Ansprüchen, allmählich eine Corruption entwickelte, welche demoralisierend auf die weitesten Kreise wirkte und unsägliches Unheil über Russland gebracht hat.«*

In Petersburg lernte Gogol im Mai 1831 Alexander Puschkin kennen, der sein wichtigster Förderer und Mitstreiter wurde. Er regte Gogol zu seiner Komödie »Der Revisor« und zu seinem Fragment gebliebenen Roman »Die toten Seelen« an: »Mit Ihrer Fähigkeit, den Menschen zu enträtseln und mit wenigen Zügen auf einen Schlag hinzustellen, ganz wie er leibt und lebt; sich mit dieser Fähigkeit nicht an ein großes Werk zu machen, das ist geradezu eine Sünde!«**

In Puschkins Zeitschrift *Sowremennik* (Der Zeitgenosse) erschien in einer dritten Überarbeitung 1836 »Die Nase«. Es ist diese Fassung des Texts, in der die Handlung nicht als Traum aufgelöst wird, die der Übersetzung von Alexander Eliasberg zugrunde liegt.

Gogol, der sich selbst eine Weile in der Malerei versucht hatte, war zeitlebens intensiv an bildender Kunst interessiert. So publizierte er neben Aufsätzen zur »Skulptur, Malerei und Musik« oder »Über die Architektur unserer Zeit« 1835 die Künstlernovelle »Porträt« in seiner Textsammlung »Arabesken« – eine zweite Fassung der Erzählung erschien 1842 wiederum in *Sowremennik*. Kurt Tucholsky schrieb (unter dem Pseudonym Peter Panther) in einer Rezension, die auf die Übersetzung von Alexander Eliasberg Bezug nimmt, in der Weltbühne 1921: »Es ist eine lehrreiche Novelle. Und es gibt vielleicht den Einen oder Anderen unter euch, der sich durch die Novelle getroffen fühlen dürfte. Dem sei sie recht herzlich empfohlen.« In der Tat gibt es wenige Erzählungen in der Weltliteratur, die mit solcher Verve den Konflikt eines jungen Künstlers zwischen künstlerischem Ethos und materieller Verlockung schildern.*** Auch der zweite Teil der Novelle, der häufig als ein Rückfall in romantische Erzählmuster kritisiert wurde, aber eigentlich eine neue Erzählung

* Friedrich von Bodenstedt, Einleitung, in: »Nikolaus Gogol«, *Russische Novellen*, Stuttgart o. J. (um 1860), S. VI.

** In: Nikolai Gogol, *Aufsätze und Briefe*, darin das Nachwort von Michael Wegner, Berlin und Weimar 1977, S. 1098.

*** Für historisch Interessierte findet sich im Internet ein 8-minütiger Stummfilm von 1915 zum ersten Teil der Novelle: https://www.youtube.com/watch?v=xZaxq-POoQU.

aus eigenem Recht darstellt, wartet mit tiefen Einblicken in den künstlerischen Schaffensprozess auf. Zugleich deutet sich bereits etwas von der fanatischen Religiosität an, die Gogols Lebensende beherrschen sollte.

Den »Mantel« konnte Puschkin nicht mehr lesen. Während einer mehrjährigen Europareise, die Gogol unternommen hatte, um im Schutz der Anonymität ungestört an den »Toten Seelen« arbeiten zu können, ereilte ihn 1837 in Paris die Nachricht, dass Puschkin im Duell gefallen war. Mit ihm verlor Gogol seinen bedeutendsten Ratgeber und Freund.

Es folgen Jahre mit weiteren rastlosen Reisen durch Europa, vor allem Deutschland, Frankreich und Italien. Schwere Nervenerkrankungen zwingen ihn zu Kuraufenthalten. 1842 erscheint der erste Teil der »Toten Seelen« in St. Petersburg, nachdem die Zensurbehörde in Moskau eine Veröffentlichung abgelehnt hatte. Gogol ist immer mehr auf der Suche nach innerer Läuterung und zweifelt zunehmend daran, dass das moralisch Gute und Gottgerechte in der Gesellschaft, nach dem er strebt, sich durch das Schaffen von Kunst oder Literatur bewerkstelligen lässt. 1848 unternimmt er, vor politischen Unruhen in Italien fliehend, eine Pilgerfahrt nach Jerusalem. In Russland wird der Priester Matwei Konstantinowski, ein Prediger der strengsten orthodoxen Observanz, sein geistlicher Beistand, der ihn in seinen Selbstzweifeln bestärkt und zu religiöser Ein- und Umkehr als Weg zur seelischen Befreiung vom Teufelswerk der Literatur auffordert. In einem verzweifelten Akt religiös induzierter Selbstentfremdung verbrennt Gogol in der Nacht vom 11. auf den 12. Februar 1852 den schon fertiggestellten zweiten Teil der »Toten Seelen« und fastet sich mit kaum 43 Jahren zu Tode.

A. N.

Anmerkungen

14 *Vorhemden*: Das Vorhemd – auch Hemdbrust genannt – wurde vor allem im 19. Jahrhundert als Hemdersatz unter Weste oder Rock getragen. Es bestand meist aus stoffüberzogenem Karton, der auf dem Rücken mit Schnüren zusammengebunden wurde.

— *Boston*: historisches Kartenspiel.

— *Karneol-Petschaften*: Siegelringe aus rötlichem, oft weiß geädertem Quarz.

15 *Piroggen*: gefüllte Teigtaschen aus Hefe-, Blätter- oder Nudelteig, die vor allem in Osteuropa verbreitet sind. Herstellung und Füllungen variieren von Region zu Region.

18 *Heiduck*: Heiducken waren zur Zeit der türkischen Herrschaft über Südosteuropa meist in Banden organisierte Gesetzlose, besonders Wegelagerer, Plünderer und Freischärler, die im Nachhinein ähnlich romantisiert wurden wie Kosaken und Piraten.

20 *Annoncen-Expedition*: Annahmestelle für Zeitungsannoncen.

25 *Beresiner ... Rapé*: verschiedene Qualitäten von Schnupftabak.

31 *Beletage*: Hauptgeschoss bzw. erstes Stockwerk, bevorzugte Wohnung eines großbürgerlichen Wohnhauses.

33 *... das, was ihm gehörte, zurückzugeben*: vordergründig eine zeitlogisch-erzählerische Inkonsequenz (Kowaljow hat die Nase ja schon zurückerhalten) – eine solche Anomalie taucht bei Gogol öfter auf, vielleicht um damit ein irregulär-groteskes Element oder den Eindruck der Verworrenheit des Protagonisten zu verstärken.

35 *Chosrew-Mirza*: Enkel des Schahs von Persien, der 1829 als Gesandter Verhandlungen mit Zar Nikolaus I. in Petersburg führte und währenddessen im Taurischen Palais wohnte.

38 *par amour*: frz. aus Liebe.

43 *Dreimaster*: Dreispitz.

— *Prinzessin Miliktrissa Kirbitjewna*: Figur des russischen Volksmärchens.

— *Henkelmann*: Essensgefäß.

44 *Friesmäntel*: Fries: »Wollstoff aus Friesland«; vermutlich in Holland hergestellte dicke und rauhe, warmhaltende Stoffe, die auf friesischen Handelsschiffen eingeführt wurden.

— *Jeruslan Lasarewitschs ... »Fomas« und »Jeremas«*: Helden urkrainisch-russischer Volksmärchen.

48 *Wassiljewskij-Insel*: die größte Insel im Newa Delta. Sie erstreckt sich vom Stadtzentrum bis zum Finnischen Meerbusen im Westen Petersburgs.

62 *Gromoboj*: In der Ballade „Zwölf schlafende Jungrauen“ von Wassili Andrejewitsch Schukowski (1783–1852) verkauft der Held Gromoboj seine Seele dem Teufel.

98 *Grandison*: tugendhafter Titelheld von Samuel Richardsons (1689–1741) Briefroman »The History of Sir Charles Grandison« (1753).

Nikolai Gogol (1809–1852) wurde in Welyki Sorotschynzi, knapp 300 Kilometer östlich von Kiew, in eine wohlhabende ukrainische Gutsbesitzerfamilie geboren. Nach dem Studium zog er 1828 nach St. Petersburg, wo der zehn Jahre ältere Alexander Puschkin sich seiner als Freund und Förderer annahm. Bereits Gogols erste Erzählungen aus dem ukrainischen Volksleben *Abende auf dem Gutshof Dikanka* (1831/32) wurden ein großer Erfolg. Nachdem 1836 das Theaterstück *Der Revisor* erschienen war – laut Egon Friedell die »beste Komödie der Welt« –, reiste Gogol die nächsten Jahre durch Deutschland, Frankreich und Italien. 1842 erschien der Roman *Die toten Seelen*, dessen zweiten Teil er in einem Anfall religiösen Wahns zu großen Teilen verbrannte. 1848 unternahm er eine Pilgerreise nach Jerusalem. Vier Jahre später, in einer schöpferischen und religiös induzierten Krise, hungerte er sich in der Nähe von Moskau während eines strengen Fastenregimes zu Tode.

Andreas Nohl, Schriftsteller, Übersetzer und Herausgeber. Bei Steidl liegen seine Übersetzungen von Stokers *Dracula* und Kiplings *Dschungelbuch* vor. Zuletzt ist von ihm erschienen *Das Handwerk des Schreibens. Essays und Kritiken zur Literatur*.

Steidl Nocturnes

Erste Auflage November 2022

Umschlaggestaltung: Paloma Tarrío Alves / Steidl Design
Buchgestaltung: Gwenda Winkler-Vetter / Steidl Design
Gesamtherstellung und Druck: Steidl, Göttingen

Steidl
Düstere Str. 4 / 37073 Göttingen
Tel. +49 551 49 60 60
mail@steidl.de
steidl.de

ISBN 978-3-96999-115-2
Printed in Germany by Steidl

Auch als eBook erhältlich

Steidl Nocturnes

Herausgegeben von Andreas Nohl

Robert Musil
Der Fall Moosbrugger
Aus: Der Mann ohne Eigenschaften
128 Seiten

Prosper Mérimée
Tamango
Novellen
128 Seiten

Richard Middleton
Das Geisterschiff
Erzählungen
112 Seiten

Katherine Mansfield
Die Aloe
112 Seiten

Marcel Proust
Das Ende der Eifersucht
Frühe Erzählungen
112 Seiten

Luigi Pirandello
Die erste Nacht
Sizilianische Novellen
144 Seiten

Virgina Woolf
Die Witwe und der Papagei
Erzählungen
128 Seiten

Nikolai Gogol
Das Porträt
Drei Petersburger Novellen
160 Seiten

G.K. Chesterton
Die Bäume des Hochmuts
Erzählung
128 Seiten